JN306025

と猫と甘い生活

金坂理衣子

幻冬舎ルチル文庫

CONTENTS ✦目次✦

王様と猫と甘い生活

✦カバーデザイン＝久保宏夏（omochi design）
✦ブックデザイン＝まるか工房

イラスト・鈴倉 温✦

王様と猫と甘い生活

それは、本当に偶然。

ほんの一本、普段と違う道へ入っただけのはずだった。

なのにどういうわけか今、見知らぬ部屋の布団の中で、ぬくぬくと横になっている。

首だけ巡らせて辺りを窺《うかが》えば、そこは床《とこ》の間《ま》のある十二畳ほどの仏間。古い石油ストーブの前では、香箱《こうばこ》座りした白黒のハチワレ猫と、揃《そろ》えた前脚の上に顎《あご》をのっけた白サバ猫が、並んでうつらうつらと船を漕《こ》いでいた。

障子の前には、あぐらをかいて座っている和装の青年が一人。

視線を落として何やら膝の上の物を一心に見入っているようで、自分が目を覚ましたことに気付いていない。

それをいいことに、しげしげと彼を観察してみる。

年の頃は二十代半ば。座っているので体格ははっきりしないが、細身であるのは見て取れる。細面《ほそおもて》の顔にすっきりとした鼻梁《びりょう》、切れ長の目に艶《つや》やかな漆黒の髪の彼には『見目麗《みめうるわ》しい』なんて言葉がさらりと似合う。

現実離れした存在に、昔の役者絵を見ている錯覚に襲われる。

仏頂面《ぶっちょうづら》でも十分に美形と思ったが、彼がふっと笑みをこぼすと、冬曇りの日に晴れ間を見たような嬉《うれ》しさがこみ上げてきた。

何が彼を微笑《ほほえ》ませたのか。その視線をたどれば、膝の上にあったのは開いたスケッチブック。

――あれはおそらく、自分のだ。

野原渉《のはらわたる》はぼんやりとした意識を奮い起こし、何かが乗っているみたいにずんと重い頭を枕から持ち上げる。

からり、と水の中に氷が動く音を聞いて、渉は頭の下にあったのが氷枕であることを知った。

氷の音に、青年も渉が目を覚ましたと分かったようで、スケッチブックから渉へと視線を移す。

顔を上げた拍子に、青年が耳にかけていた髪がはらりと頬《ほお》に落ちて、妙に色っぽい。

すごい美形だなーなんて見とれていると、青年は薄い唇を開く。

「野原渉、だったか。おまえ、美大生か？」

「んー、卒業生」

青年は、手にしていたスケッチブックの絵を渉の方に向けて訊《たず》ねてきたが、その声は低く落ち着いたもので、ぼんやりとした寝起きの頭にも心地よかった。

スケッチブックを所持した学生っぽい青年ということでの判断だろうが、渉は二十三歳のれっきとした社会人だ。

しかし渉は、子供の頃から年相応に見られたことがない。

今では何とか百六十六センチまで伸びたが、昔は確実に「チビ」と呼ばれる身長しかなかった。おまけに丸っこい目に下がり気味の眉という小動物っぽい顔立ちが相まって、年より下に見られた。

だから、実年齢より若く見られることはいつものこと。

けれど自分の名前を知っているのに、年齢は知らないこの青年は誰なのか。気にはなったが、それ以上に知りたいことがあった。

「ねえ、その花、何て花？」

青年の手にしているスケッチブックに、自分が描いた花の名前が知りたい。

スズランのように白くて下向きに咲いていたが、花弁はうさぎの耳みたいに長くて可愛い花で、描いている間も何という名前の花か気になっていたのだ。

初対面の相手と見知らぬ家の中、という状況でまず訊ねるのが花の名前という渉の反応に、青年は軽く目を見開き、次いで眉根を寄せてはぁっと深いため息を吐《つ》く。

「普通、まずは人の名前を訊ねないか？」

渉の突飛な発言や行動に、大抵みんなこんなふうな反応を示すので慣れっこだ。渉はいつどんなときでも、知りたいことは知りたくてたまらなくなってしまう。

「あなたの名前は？　それから、その花の名前もついでに教えて」

懲《こ》りずに訊ねる渉に根負けしたのか、青年はあきらめの表情で苦笑いを浮かべる。

美形はどんな表情でもきれいだけれど、微笑めば一段ときれいだ。

「この花はスノードロップで、俺は霧谷蒼真《きりやそうま》だ」

「スノードロップ。可愛い名前！　霧谷蒼真は格好いい名前。霧谷……霧谷は、何か聞いたことがある……？」

「『霧谷フラワーパーク』、もしくは『霧谷製――』」

「霧谷フラワーパーク！　そっか、それだ。でも……確かフラワーパークは閉園したんだよね？」

「園長だった祖父が亡くなったとき、一時的に休園したことはあるが、閉園はしていない」

涉がまだ学生時代に、友人達とフラワーパークへスケッチに行こうという話になったとき、誰かが閉園したと聞いたと言い出したので諦《あきら》めたことがあった。ちょうどその時期に休園していたのだろう。

「じゃあ、あなたのお父さんが再開させたわけだ」

「いや。後を継いだのは俺――」

「ん？　あっ、猫！」

さわっと、何かが手に触れたのを感じて視線をやれば、そこにはさっきまでストーブの前で居眠りをしていた白黒の猫がいた。そのヒゲが、涉の腕をかすめたのだ。

見知らぬ人間を探るみたいに、くんくんと鼻をひくつかせている猫の頭を撫《な》でてみたが、「ナァ」と一鳴きしただけで嫌がる様子はない。

抱っこしてみると、大人《おとな》しく腕の中に収まる。

ストーブで温まったほこほこの猫を、渉はぎゅっと抱きしめた。

「んーっ、温かニャンコ。ねえねえ、この猫の名前は何てーの？」

「……おまえは、人の話を聞かないと言われたことはないか？」

「めっちゃ言われる」

聞きたいことはその場で訊ねてしまうし、思いついたこともすぐに口をついて出る。

子供の頃からずっとそうだ。

そんな渉に母親は、うかつな発言は人を傷付けることになりかねないので気を付けなさい、と注意した。

渉自身もそう思ったので、意識して言葉を選んで話そうとした。だが、しゃべること自体が怖くなり、ストレス性の胃腸炎をおこしてたびたび学校を休むようになった。

そこで母親は発想の転換をし、言ってはいけないマイナスな内容は口にしないよう、考えないことにしなさいと助言をして、渉を励ましてくれた。

おかげで渉は、思考自体が常にポジティブな陽気なおしゃべりとなったのだ。

「ねえ、この猫の名前を教えてよ」

「名前は特にない。そいつも、そっちのも、まとめて『猫』だ」

「あ、こっちにもいたんだ」

霧谷が顎で示した渉の布団の足元にも一匹、茶虎《ちゃとら》の猫が丸くなっていた。

膝の上の白黒猫はもっと撫でろと手のひらに頭を擦《す》り付けてくるし、布団の上の茶虎猫はまるきり我が物顔でくつろいで眠っている。ストーブの前のサバ猫は、毛繕《けづくろ》いに余念がない。

「三匹もいるのに、みんな『猫』じゃ、ややこしくない？」

「別に。他にも何匹か勝手に出入りしているから、いちいち名前なんて付けていたらきりがない」

「勝手に出入りって、飼ってるんじゃないの？　こんなにくつろいでんのに？」

膝の上の猫を見下ろせば、驚きに動きを止めた渉の手を片手で引き寄せて、もっと撫でろと催促する。

とても野良猫《のらねこ》とは思えない人慣れっぷり。

けれど霧谷は、あくまでも素っ気《そっけ》ない。

「飼ってはいない。勝手に居着いているだけだ」

『勝手に居着いている』という言葉に、渉はようやく自分の現在の状況を振り返る。

「……ところで俺、何でここにいるの？」

「覚えてないのか？」

「何を？」

「おまえは、家の生け垣に引っかかって意識を失ってたんだ」

それを通りすがりの人が見つけて、家人の霧谷に知らせた。

しかし駆け付けた霧谷も、明らかに発熱して倒れている相手をどうしようもなくて、救急車を呼ぼうとした。

だがその前に渉は意識を取り戻し、大丈夫だと自力で帰ろうとしたが、おぼつかない足取りでふらふらとまた生け垣に突っ込んだので、仕方なく家にあげて近所の医者に回診を頼んでくれたという。

「ただの寝不足と風邪《かぜ》だろうと診断されて、薬を飲んだのも覚えていないのか？」

「あー……そういえば、そんなこともあったような……」

薬を飲む前に、リンゴジュースを飲ませてもらって、それがとても美味《おい》しかったと思い出す。

名前も、その時に名乗った気がする。

受け答えの間に、熱のせいか寝起きのせいか、どこかぼんやりしていた意識が覚醒してきたようで、霞が晴れていくみたいに思考が鮮明になっていく。

渉は、朝からの自分の行動をつらつらと思い起こした。

このところ仕事の悩みで寝付きが悪くなっていたせいか、昼近くになっても頭が重くて身体《からだ》もだるく、起きることができない。普段なら朝はお腹《なか》が空《す》いて起きるのだけれど、今日は食欲すら湧かず、寝具として使っているコタツから、亀のように首だけ出してだらだらと過ごしていた。

寒いから何処《どこ》にも行きたくない気分だったけれど、木枠の窓から見える柔らかな水色の中に薄雲の浮かぶ二月末の空はうららかで、隙間《すきま》風が吹き込み放題の築五十年のぼろアパートに閉じこもっているより暖かそうだ。

お日様を浴びながら身体を動かせば、気分も変わるかもしれない。

近所の公園にでもスケッチに行こうと、昼過ぎになってようやくコタツから抜け出した。

だがいつもの道が工事中で通れず、迂回路を示す看板がかかっていた。

渉は今のアパートに大学時代から住み続けているので、この街に住んでもう五年ほどになるが、迂回路とされている細い横道に足を踏み入れたことはなかった。

どこへ通じているのかといぶかりつつ、ありふれた住宅地の中を道なりに進めば、丁字路に行き当たる。そこにまた工事業者の設置した看板があって、右に曲がれば公園に続く道へ出られると分かった。

しかし、せっかくいつもと違う道へ来たのだから、このまま元の道へ戻るのは惜しい。

もとより、どうしても公園に行きたかったわけではなかった渉は、左の道へ進むことにした。

その道は車通りは少ないが広く、方向からして郊外の川へと向かっているようだ。

ほんの一本、道を違えただけで住み慣れた街がまるで迷宮のように思えて、なんだか楽しくなってくる。

歩いたせいで身体も温まってきたのか、暑いくらいだ。

川縁《かわべり》まで出たら、少し休もう。そう思いながら歩き続けていた渉だったが、胸ほどの高さの生け垣に囲まれた民家の庭の色彩に目を奪われ、その場で立ち止まった。

「ここだけ……春？」

縁側のある古い日本家屋の庭の花壇に、色とりどりの花が咲き誇っている。花といえば、世間ではまだスイセンやパンジー程度しか見かけない時季というのに、この庭だけ季節が違っているようだ。

黄色の釣り鐘が鈴なりになったみたいな花に、ピンク色や紫色のキキョウに似た花。スイセンですら、八重《やえ》に大輪に黄色、と様々な種類がある。

その花々の隙間を、スミレに似たうっすらと紫がかった白い花が埋め尽くしている。

あまりにも突然に、周りと違いすぎる色彩あふれた庭を見て、見知らぬ道を歩いている間に時間軸がねじ曲がってしまったのだろうか、なんてSFなことを考えてしまう。

そんな混乱した頭とは裏腹に、身体はてきぱきとスケッチの準備にかかっていた。広げたスケッチブックを生け垣に立てかけて広げ、色鉛筆を走らせる。

瞬《まばた》きをするのも、息をするのも忘れそうなほど、懸命に目に映る花をスケッチブックの上に写し取っていく。

もっと近くで見たい。ぐっと前に身体を乗り出したとき、目眩《めまい》がした。そして——。

そこからの記憶があやふやだが、白衣を着た白髪頭《しらがあたま》のおじいさんに「ちゃんと寝なきゃ駄目だよ」なんてお説教をされた気がする。

「そうだった。ええっと、お世話をおかけしました」

今更だが礼を述べて頭を下げると、ぐうっと盛大に腹の虫が鳴った。

膝の上の猫は「どうした？」という顔で渉を見上げ、霧谷は軽く目を見開いて、くっと喉の奥で笑う。

恥ずかしい事態なのだが、それよりも霧谷のきれいな笑顔に見とれて、ぼーっとなってしまった。

「腹が減ってるのか」

「そうみたい」

思えば、朝から何も食べていない。おそらく具合が悪くて空腹を感じるどころではなかったのだろうが、薬が効いてきたおかげで余裕が出たようだ。

「家に、食事を用意してくれる人はいるのか？」

「一人暮らしだから、いない」

「……うどんでよければ、作ってやる」

「うどん好きー！　じゃなくって、あの、何から何までありがとうございます」

嬉しい提案に思わず飛び付いてしまったが、どこまで迷惑をかけるのか。あまりにも図々《ずうずう》しい態度を反省する。

しかし霧谷は、クールな見た目に反してどうやらかなりの世話好きのようだ。できるまで寝ていろと渉を寝かし付け、部屋を出て行った。

まだ熱っぽい頬に、氷枕の冷たさは格別に感じる。

「気持ちいいなぁ……氷枕なんて、何年ぶりだろ。つうか、ちゃんと布団で寝るのも久しぶりだ」

いつ頃からか、布団をしまった押し入れの前に荷物を積み上げてしまったせいで出すのが億劫《おっくう》になり、夏は座布団とタオルケット、冬はコタツが渉の寝具だった。

ふかふかの布団にひやひやの氷枕だなんて、贅沢《ぜいたく》きわまりない。

まだ熱があるから冷やすと気持ちいいというのもあるが、わざわざ氷枕を用意してくれた霧谷の心遣いが嬉しくて、心も身体も柔らかくなる。

「猫、おまえのご主人は優しいね」

横になった渉の鼻先で丸まる白黒猫に話しかけると、猫は「ナァ」と返事をしてくれた。

動物は好きだが、飼ったことはない。猫を抱っこして寝たら温かいんだろうなと憧れていたのを、実行してみたくなった。

「布団に入んない？　そっちの茶虎か、サバ猫でもいいんだけど」

一応他の子も誘わないと悪いかと声をかけてみたが、茶虎猫は相変わらず渉の足元にいて動かず。サバ猫は霧谷について行ってしまったのか、見当たらない。

それならと白黒猫に向かって布団をめくってみたら、白黒猫はそろりと布団に潜り込む。

「うはっ、やった！　猫たんぽ。ぬくっ、肉球プニプニだし？　あっ、鼻、冷たい！」

初めての猫との同衾《どうきん》に、テンションが上がりまくる。幸せな温《ぬく》もりと手触りに、渉は仕事の悩みも何もかも忘れ、久しぶりに笑った。


「――渉。起きられるか」

「ん……起きる」

氷枕の冷たさと白黒猫の温もりに癒やされて、渉は霧谷に起こされるまでぐっすりと寝入っていた。

部屋に時計がないので時間は不確かだが、障子の向こうは真っ暗で、日が暮れていると分かった。

霧谷はわざわざ食事を部屋まで運んでくれて、布団の横にあった座卓に湯気の上るどんぶりを置く。

その前に座ってどんぶりをのぞき込んだ渉は、元から丸い目をさらに丸くする。

「すごい！　こんなにでっかい茶碗蒸し、初めて見た」

「茶碗蒸しじゃない。小田巻蒸《おだまきむ》しだ」

「小田巻蒸し？」

「うどん入りの茶碗蒸しだ」

「へー、そんなのあるんだ。確かに、茶碗蒸しにうどんって、美味しいに決まってる組み合わせだよね」

期待を胸に、いただきますとスプーンを手に取りぷるぷるの玉子を突き崩せば、ふわっと湯気が立ち上り、その奥からうどんが現れる。

まずは玉子の部分だけをすくって口に運ぶと、しっかり出汁《だし》が効いた美味しい茶碗蒸しだ。

今度は箸でうどんをいただく。

「んーっ、熱いし、美味しい！」

思わず感激して身震いすると、興味を惹《ひ》かれたのか白黒猫が渉の膝に足をかけ「何食べてるの？」と言わんばかりにどんぶりをのぞき込んできた。食べたいのかと思ったが、白黒猫はヒゲをぴくぴくさせただけで欲しがる様子はなく離れていく。

卵がいい感じに絡《から》んだうどんは、玉子とじうどんよりさらに滑《なめ》らかな感じで、病気で胃腸が弱ったときにはぴったりの料理だと感じた。

付け合わせの白菜のごま和えも、すりごまの風味がよく効いて箸が進む。

渉の向かいに座った霧谷も、同じメニューを食べ始める。

どうやら、他に食事をする家族はいないようだ。

「ここ、霧谷が一人で住んでるの？」

外から見ただけだけれど、平屋だが庭に面した縁側なんかもあって立派な家だと思った。一人暮らしには十分すぎる家だ。

「ああ。元は祖父と暮らしていたが、四年ほど前に亡くなったのでな」

霧谷は自分から話しかけてくることはなかったが、渉の質問には答えてくれる。

高校生の頃からここで祖父と暮らしていたこと、祖父亡き後、この家の隣にあるフラワーパークを継いだこと。

――ただ、話の中に他の家族が出てこないのが気になった。けれど、そこは踏み込んではいけないことだとさすがの渉にも分かったので、訊ねはしなかった。

「フラワーパークの園長さんなんて、すごいね。パークの中を見てみたいな」

「風邪が治ったら見せてやる」

「ホントに？　園長さんに案内してもらえるなんて、ラッキー！」

「いや、別に勝手に見ればいい――」

「すごい楽しみ！　ありがとう、霧谷」

「……まあ、一時間もあれば見て回れる程度のパークだ。そんなに期待するなよ」

「期待する！　庭の花だけでも感動しちゃったもん。あれ、霧谷が咲かせたんでしょ？」

「そうだ」

「すごいね」

「そうか？」

「うん」

花を褒められて嬉しかったのか、霧谷は少し微笑む。その顔は、花みたいにきれいだ。美味しい食事に楽しみな予定まで入れば、風邪なんてすぐにも吹き飛ぶだろう。

食事を平らげた渉は、処方された風邪薬もきちんと飲んだ。

食事が済むと、それまで大人しくしていた茶虎と白黒の猫たちが、霧谷にまとわりつきだす。

「どうしたんだろ」

「こいつらも餌の時間だ」

「へえ、猫って時間が分かるの？」

この部屋には時計がないのにと部屋を見渡す渉に、霧谷はまた笑う。

「時計が読めるわけじゃない。たぶん腹時計だろうが、なかなか正確だぞ」

猫たちにせかされるように立ち上がる霧谷に、せめて洗い物くらいはすると申し出たが、病人は大人しくしていろと断られた。

だけど猫が餌を食べるところを見てみたくて、何とか霧谷に付いていく口実を探す。

「食器くらいは下げるよ。というか、ついでにトイレに行きたいんだけど」

「食器はいいから、さっさとトイレに行ってこい」

トイレは廊下の玄関側で、台所は奥と逆向きだった。

さっさとトイレをすませた渉は、仏間を通り過ぎて奥へと進む。トイレのついでに、ちょっと猫の餌遣《えさや》りを見学するくらいいいだろう。明かりと音の漏《も》れる模様ガラスの引き戸をそっと開け、中をのぞき込めば、台所もリフォームなどされておらず、ハイカラなタイル柄の床に白いシンク、とドラマなどで見る昭和の香りを感じさせる造りだった。

これはこれでおしゃれだな、なんて見ているとシンクの前に立っていた霧谷が振り向き、呆《あき》れた様子で軽く肩を落とした。

「寝てろと言ったろう」

「猫がご飯食べるところが見たくて」

「――寒いからさっさと入れ」

台所にはファンヒーターがあって、暖かい。廊下の冷気が入らないよう、渉は素早く中へ身体を滑り込ませた。

白黒猫は「ナァナァ」と鳴きながら霧谷の足にまとわりつき、茶虎猫は餌が置かれるのだろう辺りの床に座って、太短いしっぽを揺らしながら待っている。

「猫、飼ってるわけじゃないのに、餌はやるんだ」

「腹が減ったという目で見てくるんだから、仕方がないだろう」

素っ気ない言い方だが、餌を用意してやるのだから、やっぱり霧谷は優しい。

しかしさっきの言葉は自分のことを言われたようで、ばつが悪い。

猫缶を開ける霧谷から顔を背けて台所を見渡せば、部屋からいなくなっていたサバ猫も先に来ていたようだ。

サバ猫は人見知りが激しいようで、渉を警戒してかゴミ箱の陰に隠れていたが、空腹には勝てないのか、そろりとした足取りで茶虎猫のいる方へ向かっていく。

「あれ？　サバ猫さん、怪我《けが》してるの？」

渉が知らない間に出て行ったので気付かなかったが、サバ猫は右の前脚を地面に着けない奇妙な歩き方をしている。

「いや。右前脚の先がないんだ」

右前脚の裏が痛くて曲げているのかと思ったが、よく見ると左と比べて三センチほど短かった。

「ホントだ！　……どうして」

「事故か虐待か……パーク前の植え込みの中に、血まみれでうずくまっていたところを保護したんだ」

「事故だよ！　虐待なんて……そんなこと、そんなの、何が楽しいんだよ。そんなの、駄目だ」

虐待なんて、ひどい。事故だとしても病院に連れて行かずに放置したのだからひどいのだけれど、わざとこんなことをする人が存在するなんて信じたくなかった。

しかし、他の猫と比べてサバ猫は渉に対して警戒心をあらわにしているし、餌をくれる霧谷にも懐いている様子はない。人間全般を警戒しているようだ。

霧谷はそんなサバ猫の態度を気にするふうもなく、三つの器に餌を入れて床に置いてやる。霧谷の足にしがみついて催促していた白黒猫は、器が地面に着く前に顔を突っ込む。茶虎猫は器が置かれるまでは待っていたが、すぐさま食いつく。

けれどサバ猫だけは、霧谷がわざわざ目の前に置いた器を見ようともせずじっとしている。

「おまえがいるから警戒しているようだ。出よう」

サバ猫だってお腹が空いているだろうに、食べられないなんてかわいそうだ。霧谷の言葉に従い、渉は台所を出ることにした。

その際に、入り口で立ち止まり振り返っても、サバ猫はまだ餌に口を付けず、黄緑色の目を光らせて渉の方を見ていた。

その孤独な姿に、胸がぎゅっと痛くなる。

「抱きしめたいけど、それってあの子からしたら大迷惑なんだよね。……せめて、遠くから愛を送るよ」

尖《とが》らせた唇に両手をあてがい、サバ猫に向かって『チュッ』と投げキッスをしてみたが、相手からはまるでリアクションはなかった。

これは、とっとと出て行ってあげることが最良の愛情だろう。廊下へ出てそっと引き戸を閉めると、とてつもない無力感に襲われて壁に背中を預ける。

「愛は届かず、墜落したかぁ……」

「おまえは、変な奴だな」

「それもよく言われる」

実際にそうなので素直に認めると、霧谷は目を細めて笑う。

その笑顔に、なんだか甘えたくなった。

「ねえ、俺もここにいていい？　家事とか、何でも、できることするから」

「……何故《なぜ》？」

「ちょっと家にいたくない理由があって」

「近隣トラブルか何かか？」

「んー……会いたくない人が来る、ってとこ」

「悪質なら、逃げていないで警察に行った方が――」

「いや、ストーカーとか、そういうんじゃない。俺も悪いんだ。だけど！　相手の方がずーっと悪い。てか、酷い！」

言っているだけで頭に血が上り、また熱が上がったみたいに頬が熱くなる。

この問題を考え続けて寝不足に陥り、風邪を引いたといえなくもない。

それほど渉にとって悩ましい事態を抱えていた。

だけど、さっきは久しぶりにぐっすり眠れた。

猫たんぽのおかげもあっただろうが、無条件に親切にしてくれる霧谷と、この家のどっしりとした落ち着いた雰囲気に安心できたからな気がする。

渉は人見知りをしないし、厚意は素直に受け取るタイプだけれど、ここまでしてもらったことはない。

遠慮しなければと思う心を、もっと甘えたいという気持ちが飲み込んでいく。

断られたら『それもそうだよねー』と明るく頭でもかいて、冗談にしよう。そう思いながらも、祈るような気持ちで霧谷の目を見て答えを待つ。

霧谷の方もじっと渉を見つめ、ややあってから唇の端を少しあげた。

「まあ、体調が戻るまでくらいなら……好きにしろ」

「いいの？」

自分から頼んでおいてなんだが、あまりにもあっさりと許可されて面食らう。

「この家は、いつもどこかが開いている。入りたければ入ればいいし、出て行きたければ出て行けばいい」

「それ、防犯上すごく問題あるんじゃない？」

「こんな家から、何を持って行くんだ？」

言われて改めて周りを見てみれば、渉の住んでいる築五十年のアパートよりさらに古そうなこの家の柱には、日常に付いた傷だけでなく猫が爪を研《と》いだ跡がある。花瓶や時計などの調度品も、風格があるといえばそうだがどれも古いので、買い取ってくれる店は限られ現金化は難しいだろう。

だが、もらえるとしたら欲しいものはあった。

「床の間の掛け軸！　椿《つばき》の花のやつ。俺、あれ好きだ」

「あれは祖父が描いたものだ。絵画的な価値はない」

「でも、俺は好きー。けど、うちじゃ飾る場所がないし、あの絵はあそこにあるのがいいよね。んじゃ、持って行くものないなぁ……。あっ！　猫！　猫欲しい！　……けど、俺のアパートはペット不可なんだよね」

やっぱり持って行けるものはない。と結論づけると、霧谷は何故かまた肩を揺らして笑った。

とりあえず、今夜はさっきまで寝ていた仏間に、そのまま泊めてもらえることになった。

ストーブの上のやかんからは白い湯気が静かに立ち上り、その前では白黒猫とサバ猫がくっついて丸まり、茶虎猫は渉が座っている布団の上で、手足にしっぽまで伸ばしてだらりと寝転んでいる。

和やかな空気に、ほっこりとした気分になる。

「やっぱりストーブがあるといいね。俺の部屋、コタツしか暖房器具ないから」

「電気ストーブもないのか？」

「紙が散乱してるんで、火の気は危ないんだよね」

エアコンはあるにはあるが、古いせいか室外機からものすごい音がするので、自分でもうるさいし近所にも迷惑と思うとつける気にならない。

コタツに入って、ジャケットに指ぬき手袋を着用すれば何とかなる。

しかし全力でだれても大丈夫な暖かなこの部屋にいると、ここの猫の方が自分より恵まれた暮らしをしているようでうらやましくなる。

「ここの猫は幸せだね」

「そうか？　普通だろう」

「美味しいご飯に温かい寝床、ご主人は優しくって美人。最高じゃない」

「美人とは、男に向かって言う言葉じゃないだろう」

「えー？　だって、霧谷はきれいだし。俺、霧谷が女の人だったら、もう結婚申し込んでるよ」

「……おまえは、本当に変な奴だな」

心底呆れた顔をされたが、そんな顔ですらきれいだと思うのだから、仕方がない。

そういえば、霧谷は最初、スケッチブックを見てどうして微笑んでいたのだろう。不思議に思った渉はスケッチブックを広げる。

「ねえねえ、この花って全部、霧谷が一人で育ててるの？」

「ああ。おまえは絵が上手《うま》いな」

どうやら自分の咲かせた花をきれいに描いてもらえて、嬉しかったようだ。渉も、自分の絵を褒められて嬉しくなった。

「へへー。そう？　一応これでもイラストレーターだからね」

「それで、平日の昼間からスケッチに歩いていたのか」

「仕事が一段落付いたから、息抜きと何かいい題材がないかと思ってうろついてた。あ、ねえねえ、他の花の名前も教えてよ」

スノードロップの名前は聞いたが、他の花もきれいで名前が知りたくなった。

訊ねる渉に、霧谷は渉と並んでスケッチブックをのぞき込み、描いてある花を指しながら名前を教えてくれる。

スミレに似た薄紫の花で地面を這《は》っているのはイオノプシディウム。

あでやかな黄色の釣り鐘、ラケナリア。

軽く項垂《うなだ》れて控えめに咲くクリスマスローズ。

ピンクに紫にオレンジと、とりどりの色で咲き誇るプリムラ。

霧谷の教えてくれる名前は、渉にとって初めて聞くものばかりだった。

「花の名前って呪文みたい。ってことは、霧谷ってば魔法使い？　よっ、フラワーソーサラー！」

「おまえは脳みそに花でも咲いてるのか」

「そうみたい。よく『脳みそお花畑』って言われる。最近テレビとかで『腸内フローラ』って聞くけど『脳内フローラ』もなんだか身体によさそうで、よくない？」

「……そうだな。ストレスレスで幸せそうだ」

霧谷は笑いを堪《こら》えているらしいが、腹筋の辺りがぷるぷるしているからバレバレだ。

だけど霧谷の顔は、馬鹿にされても嬉しくなるくらいにきれいだから、腹も立たない。

花のこと、猫のこと、とりとめもない話をしながら夜を過ごした。


翌日、朝食は七時だと言われていたが、早くに就寝したせいか渉は六時過ぎに目が覚めた。

昨夜は、軽く汗を流せと風呂に入らせてもらい、パジャマ代わりの浴衣《ゆかた》まで貸してもらった。

至れり尽くせりの待遇に、たっぷりの睡眠と薬のおかげか、熱っぽさはすでに消えていた。

もともと、風邪というより過労と心労が原因の発熱だったのだろう。

霧谷の部屋は、渉が使わせてもらっている部屋の奥と聞いた。だが勝手に起きているか見に行くのも気が引けて、とりあえず台所へ行ってみる。

どうやら霧谷も起きてはいるようで、台所にはすでにファンヒーターがついていてそこそこ暖まっていた。

しかし、霧谷の姿はない。

コンロの上には、四角いフライパンがのっている。

「これは、玉子焼きを焼くフライパンだよね」

確か、昨日の夜はこんなものは出ていなかった。

近付いてみると、コンロの横のシンクの流しには玉子も四つ置いてある。

ここは役に立つところを見せるチャンスだ。

でも実のところ、渉は普段まったく料理をしない。せいぜいインスタントラーメンを鍋で煮るくらい。

『ほうれん草の玉子和え』なら学生時代に家庭科の授業で作った記憶はあるのだが、どうやって作ったかまでは覚えていない。

「まあでも玉子焼きなんて、玉子を焼いて折りたたんでいくだけでいいんだよね？」

フライパンをあらかじめ熱しておこうと火にかけ、それから水屋《みずや》の中にあったどんぶりの中に玉子を割り入れてかき混ぜる。

だがどれくらい混ぜればいいのか見当が付かなかったので、白身と黄身が完璧《かんぺき》に混ざり合うまでがんばっていたら、フライパンから白い煙が上がりだした。

「うわっ！　何？　何？」

慌てた渉はとっさにフライパンを火から下ろそうとして、高温になった柄の根元を握ってしまった。

「あっ、ちぃ！　って、ああっ！」

フライパンから手を離した拍子に、左手に持っていたどんぶりも取り落とす。

どんぶりは割れなかったが卵液は飛び散り、床の上は大惨事となった。

「あっちゃー……」

「どうした！　何の騒ぎだ」

とにかくコンロの火を消し、ぞうきんはないかときょろついているところに、胸ポケットに『霧谷フラワーパーク』と刺繍《ししゅう》の入った水色の作業着を着た霧谷が台所へ飛び込んできた。

どうやら霧谷は早朝からパークの仕事に取りかかっていたらしいが、そろそろ朝食を作ろうと帰ってきたようだ。

「ご、ごめん！　玉子を無駄にしちゃった」

「ああ……朝食作りを手伝ってくれるつもりだったんだな」

「ホント、そのつもりだったんだけど……っつ」

ふがいなさに握りしめた右手のひらが、じんじんと痛む。顔をしかめた渉の異変に気付いた霧谷は、渉の手を摑《つか》んで状態を確認する。

「火傷《やけど》をしたのか？」

「あー、ちょっと、フライパンで……」

外で作業をしていたのだろう霧谷の手の冷たさが心地よくて、なのに何故か頬がかっと熱くなる。

「ほ、本当にごめん。あの、そうだ、ぞうきんどこかな？　床を拭かなきゃ――」

「馬鹿！　そんなことより早く冷やせ。赤くなってるじゃないか」

シンクに引っ張っていかれて、流水で手を冷やされる。冷たい水が、フライパンに触れてじんじんしている親指と人差し指の間の部分には気持ちよかったが、他の部分には冷たくて痺《しび》れるみたいに痛い。

つい顔をしかめてしまって、霧谷に心配げに顔をのぞき込まれる。

「ここだけか？　他に怪我は？」

「ない！　全然大丈夫！」

整った顔は、すぐ目の前で見ると圧巻だ。豊かで長いまつげに縁取られた目で見つめられ、焦って距離を取ろうとしたが、手を摑まれていたので逃げられなかった。

「しばらく冷やしておけ」

「いいよ。水だってただじゃないんだし」

「うちは井戸水をくみ上げてるから、水道代はいらないんだ。アロエを取ってきてやるから、それまで冷やし続けていろ」

「そこまでしなくても」

「俺が戻ってくるまで冷やし続けていなかったら、お仕置きするぞ」

なんだか怖いことを言い置いて出て行った霧谷は、すぐに太くて立派なアロエの葉を持って戻ってきた。

霧谷は花だけでなく、植物全般の知識が豊富なようだ。アロエを鍋で煮沸消毒してから水で冷やし、半分に切ってとろりとした中身の部分を火傷した箇所に当て、テーピング用のテープとガーゼで留めてくれた。

「水ぶくれにまでなっていたら感染症の危険があるから駄目だが、赤くなっているだけだから、これで大丈夫だろう。だがあくまでも民間療法だから、痛みが酷いようなら病院へ行こう」

「ありがとう。ホントに大丈夫。これ、気持ちいいね」

ズキズキした痛みがましになったので汚れた床を何とかしようとしたが、霧谷に止められる。

「ここはいいから、代わりに猫に餌をやってくれ」

「え？　いいの？　猫の餌遣り、やってみたい！」

こんな大失敗をしたのに、そんな楽しそうなことをさせてもらえるなんて。

喜ぶ渉に霧谷は大げさなと笑い、餌遣りの手順を教えてくれた。

そろそろ猫たちが来る時間だからと言われて準備していると、白黒猫が台所へ入ってきた。どこから入ったのかと思えば、模様ガラスの下の一部が加工され、猫が出入りできる猫扉にしてあった。

餌を用意し終わった頃、茶虎猫もやってきたが、サバ猫の姿はない。

「サバ猫は？」

「もう来ている」

床を拭いていた霧谷が上を見るのにつられ、渉もそちらを見て驚いた。

サバ猫は、冷蔵庫の上から渉たちを見下ろしていた。

猫は後ろ脚がしっかりしていれば、前脚が片方しか使えなくてもそこそこのジャンプができるのだそうだ。水屋や棚など低いところから順に飛び乗ったようだが、それでもすごい。

「サバってば、結構いいジャンプ力持ってるんだね」

「たくましいものだろ」

だから必要以上に哀れんでやるな、ということなのだろう。渉はサバ猫を下ろしてやろうとしたが手を貸すなと止められ、サバ猫の分の餌も茶虎たちの餌の横に置いた。

また渉がいると食べないかもしれない。わざと背を向けて横目で観察していると、少しは渉の存在になれたのか、サバ猫は三本の脚で器用に水屋経由で床に降り、しずしずと餌を食べ始めた。

それに安心して、今度は片付けを終えて自分たちの朝食の用意にかかった霧谷を手伝うことにする。

霧谷に訊《き》きながら、冷蔵庫から豆腐に味噌《みそ》に玉子、と食材を出していく。

流しに立った霧谷は、コンロのフライパンに油が引かれていないのを見て眉をひそめた。

「おまえ、油を引かずに玉子を焼こうとしたのか？」

「え？　玉子焼きに油なんて使うの？」

きょとんとした顔をする渉に、霧谷は苦笑いを返す。

「普段から料理をしないんだな」

「したことない。子供の頃から近所のコンビニが台所みたいなもんだったんで、自分で料理を作るって発想がないんだよね」

「母親が料理下手《べた》だったのか」

「ううん。お母さんは料理上手《じょうず》だったけど、俺が小学五年生の時に死んじゃったから」

それからずっと、徒歩三分の場所にあるコンビニエンスストアのお弁当やパンが、渉の食事だった。掃除や洗濯は、週に一度やってくる清掃業者がしてくれた。

「……父親は？」

「お父さんは仕事人間で、料理も家事も何にもしなかったな」

父親は、母親の存命中からほとんど家にいなかった。

世界的に有名な精密機器メーカーに勤める開発研究員で、億単位の費用をかけた機械の開発に没頭し、ほとんど家へ帰ってこない。

それでも母親は、お父さんが働いてくれるおかげで自分たちは生活できているんだから感謝しなさい、とことあるごとに渉に言い聞かせていた。

そうして、父親がいなくても渉が寂しい思いをしないようにと、運動音痴《おんち》なのに渉とキャッチボールをしようとして窓のガラスを割ったり、虫が苦手なくせに山へ虫取りに行き、巨大ナメクジを見て山中にこだまする悲鳴を上げたりした。

明るくて活発な母親のおかげで、渉は父親が家にいないことで寂しさを感じずにすんだ。

しかし、元気で病気知らずだと思っていた母親は、突然の心臓発作で倒れて帰らぬ人となった。

母親が亡くなると、まさに明かりが消えたかのごとく寂しい家に、渉は独りぼっちで取り残された。

母親の両親もすでに他界していたし、父親の親族については父親が何も語らないせいで、生きているやら死んでいるやらも知らない。

すでにある程度のことはできる年だった渉に、父親は「一人で大丈夫か」と聞いてくれたが、その時に渉が大丈夫と言った一言だけで、渉を一人で家に置いて帰ってこない日すらあった。

そんな寂しさを、渉は朝夕の食事を買いにコンビニへ行って店員と話をすることで紛らわせた。

気のいいコンビニの店長やパートの学生さんやおばさんたちが、学校の友達以外で渉が話をできる数少ない人だったのだ。

「まだ小学生の子を一人きりというのは、少し酷《こく》だろう」

「うーん……でも、お父さんも家事はできないし、元から家にいても書斎にこもって仕事をしてたような人だから、いてもいなくても大差なかった気がする」

それに、母親はそんな夫を支えることに喜びを感じていたようだったので、渉も父親に変わってほしいとは思わなかった。

父親が、忙しい中でも家族のことを考えてくれているのは、子供なりに理解していた。

親子のスキンシップはなかったものの、妻が趣味のガーデニングをできるようにと庭付きのマイホームを購入したり、妻子の誕生日にはケーキが届くようネット通販で申し込んでくれていた。

だから、父親に対して弱音は吐けなかった。

昼間は友達の家に遊びに行けたが、夜は独りぼっちでひたすら絵を描いて過ごした。

母親が存命中は花が絶えなかった空っぽの花瓶や、漫画の模写。目に付いて描きたくなった物を片っ端から描く。

絵を描いているときは、寂しさも苦痛も、何も感じない——だけど時折、どうしようもなく寂しく感じるときがあった。

それは、自分の誕生日だったり、クリスマスだったり。

ケーキとプレゼントは届くが、父親が夕飯の時間までに帰ってきてくれることはまれだった。

明かりのない暗い家に帰るのが嫌で、部屋の電気はつけっぱなしで出かけたが、父親は何も言わなかった。

渉の寂しさに気付いていたからではなく、何も知らなかったから。

朝は早くに出かけ、夜遅くに帰るだけ。もしかしたら寝顔くらいは見に来てくれていたのかもしれないが、渉はそんな父親は知らない。

大学進学を機に家を出て一人暮らしを始めたが、今更寂しいと思うこともなかった。

けれども、こうして台所で料理をしながら話を聞いてくれる人がいると、ほっとする。

こんな暮らしが日常だったらいいのにと思いながら、渉は霧谷の指示通りお箸やお皿を並べる手伝いをした。

「……ここが、霧谷フラワーパーク？」

次の日、熱も下がり火傷の痛みも引いた渉が連れてきてもらった『霧谷フラワーパーク』は、霧谷家の本当にすぐ横だった。

正確にいえば、庭にあるビニールハウスでバックヤードと繋《つな》がっているそうだが、せっかくだから正面から入りたいと、パークの玄関口へと連れてきてもらった。

門扉《もんぴ》の上にアーチ形にかけられた看板は風雨にさらされて色あせ、悠久《ゆうきゅう》の歴史を感じさせる風格を帯びていた。

元は白かったのだろう壁は黒く煤《すす》け、錆《さ》び付いてぼろぼろの柵《さく》の中で、木々がうっそうと生い茂って園内の様子は窺えない。

常緑樹の奥の冬枯れの木々からは、カラスがギャアギャアとけたたましく鳴きながら飛び立つ。

壁に沿った植え込みには、色とりどりのパンジーの寄せ植えがあるのだけれど、その華やかさが逆に中の暗さを引き立ててホラーめいた不気味さを醸し出し、入ったら最後、出られない感が満ちあふれていた。

薄曇りの空から吹き降りる風のせいだけではない寒気が、背筋に走る。

お化け屋敷の入り口と言われたら信じてしまいそうな廃墟っぷりに、渉は引きつった薄笑いを漏らす。

「えぇっと……ここ、本当に営業してるの？」

「まだ営業前の時間だが、構わない」

パークの営業時間は九時から五時まで。まだ開園まで二十分ほどあるが、門扉はもう開いている。

渉の困惑を遠慮と勘違いした霧谷は、遠慮するなとすたすたゲートへ向かう。

ゲートの横には、これまた古びた年代物の券売機があり、その隣に受付窓口があった。その受付の奥が事務所になっているようだ。

霧谷は門扉をくぐると受付から中をのぞき込み、すでに出勤していた職員に挨拶をする。

「おはようございます」

「おはようございます。どうしたんです？　こっちからいらっしゃるなんて珍しい。あら、もうお客さん来ちゃいました？」

五十代半ばほどだろうか、白髪交じりの髪をお団子に束ねた快活そうな女性――高橋尚美《たかはしなおみ》は、霧谷の後ろにいる渉の姿に目を見開いて首をかしげた。

「いえ。こいつは――」

「蒼真くんのお友達？　あらま、珍しい。いらっしゃい、フラワーパークへようこそ」

どうやら彼女は、長くパークに勤めているらしい。霧谷を下の名前で呼び、彼が友達とおぼしき人物を連れてきたことを喜んでいる。

「おはようございます。今、霧谷んちでお世話になってる野原渉です」

「今はあんまり花が咲いてなくて残念だけど、ゆっくりしていってね」

こんな冬の時期に花が咲いていないなんて彼女のせいではないのに、ひどく申し訳なさそうに言われ、こっちが恐縮してしまう。

渉は彼女に頭を下げて、先に進んでいく霧谷の後を追いかけた。

高橋は花がないなんて言っていたが、入ってすぐの場所に円形の花壇があり、明るい色の花々が目に飛び込んでくる。

こちらも霧谷の家の庭と同じく、冬の花がきれいに咲きそろっていた。

花壇を通り過ぎて視線を上げると、広々とした空間があり、その真ん中には五十メートル四方ほどの池があり、睡蓮《すいれん》の枯れ葉が見えた。

きっと花の季節ならきれいだろうと心が浮き立つ。

「結構広いんだね」

「一・六ヘクタール、スタジアムがすっぽり入る程度の広さだ」

入り口を入ってすぐの場所に設置されているパークの案内図を見てみると、温室を中心にバラ園、あじさい園、梅林に桜並木、と小さいながらも充実した内容のパークのようだ。

まずは目の前の広場をぐるりと見渡して、渉は塀際のベンチの横にある三メートルほどの高さの木に、赤い実がなっているのに興味を惹かれて近付いた。

「これ、ヤマモモ？」

葉っぱも実もヤマモモっぽいが、こんな時期に実がなるものだっただろうか？　しかも、スズランに似た白くて小さな花まで一緒に咲いている。

「それはイチゴノキだ」

「へー、初めて見た」

さすがはフラワーパーク。珍しい木があるんだと感心する。

イチゴノキはブルーベリーと同じツツジ科で、花はブルーベリーとよく似ているが、果実はヤマモモに似ている。花の少ない冬期に花と実を同時に付けるので、観賞用として最近はじわじわと人気が出てきている木だそうだ。

「イチゴってことは、この実は食べられるの？」

「食べられる」

「じゃ、食べてもいい？」

「ああ。その辺りは農薬散布をしていないから、いいぞ」

「やった！」

フラワーパークや植物園では食べられる木の実や野菜も植えているが、食べるのは大抵禁止されている。食べられてしまっては観賞してもらえなくなるからというのが一番の理由だが、それだけではない。こういった場所の植物は、食用ではないので実がなってからも農薬が散布されている可能性があるのだ。

薬品類に敏感な人のために、いつどこで農薬散布をしたのか入り口付近に掲示して注意を促《うなが》しているそうだが、渉は気にしたこともなかった。

やっぱりパークの園長と一緒だと、いろんなことが分かっていい。イチゴノキの実なんて変わった物が食べられる期待にわくわくしながら、渉は木の周りをぐるりと回って熟《う》れた美味しそうな実を探す。

「赤くておっきいのがいいなー。よし、これ！」

何やら期待に満ちた霧谷の視線が気になったが、渉は選《よ》りすぐりの実を口に放り込んだ。

「どうだ？」

嚙《か》みしめた瞬間に眉をひそめた渉に、霧谷は意地の悪い笑顔を浮かべながら聞いてくる。

微妙に甘みは感じるが、イチゴのような酸味は全くない。そして味より何より、嚙むのが辛《つら》いレベルに気持ちの悪い食感だった。

それでも吐き出すのは行儀が悪いと、渉は涙目になりつつも何とか飲み込んだ。

「歯触りはジョリジョリで、舌触りはネトネトで……これ、すっごくまっずい！」

「食べられる、と言っただけだ」

確かに霧谷は、「美味《うま》い」とは一言も言っていない。だがこれは事前に言っておいてほしい衝撃の味覚。ここまで食べたことを後悔した果物はない。

あとで知ったことだが、ジャムにしたり果実酒にするのが一般的で、生で食べる人は少ないそうだ。

「まずいならまずいって、先に言ってよ!」

「まずいと聞いていたら、食わなかったか?」

「食べたけど……ノーガードで食らうと、ダメージでかいじゃない！」

せめて心の準備ができていれば、ここまでショックは受けなかった。

見た目はあくまでも美味しそうだし、食べたことのない珍しい果実なんて、食べるに決まっている。食欲と好奇心が徒《あだ》となってしまった。

「これの名前に『イチゴ』って付けた奴は、正座して反省しろ！」

見た目も味も全然イチゴじゃない、イチゴに謝れ！　と息巻く渉を見ながら、霧谷は肩をふるわせて笑った。

道なりに歩いて行くと、所々の花壇に花は植えられているが、花の咲いている木がロウバイや椿くらいで、少し寂しい。

そのせいだろうか、もう開園の時間を過ぎた頃になっても他の人が来る様子はない。

「あ、また猫！　さっきから、人は見ないのに猫はよく見るなぁ」

少し前に三毛猫《みけねこ》が目の前を横切ったが、今度は進む先にあるベンチの上にキジトラ猫が座っていた。

三毛猫は渉たちの姿を見ると素早く走り去ったが、このキジトラ猫はじっと渉を見つめて逃げようかどうしようか思案しているようだった。

「近付いたら、嫌がられるかな?」

「さあな」

素っ気ない霧谷は相手にせず、自分で確かめてみようとちらちらキジトラ猫に視線を送りつつ少し近付いてみたが、揃えた前脚にしましま模様のしっぽを巻き付けたまま、動かない。

そこで渉は、キジトラ猫から完全に視線をそらし「そこのベンチに座りたいだけだから」というふりで、ベンチのすみっこに軽く腰掛けた。

するとキジトラ猫の方から近付いてきたので、顎の下を指でこちょこちょ撫でてみたら、キジトラ猫は「そこ、そこ」という感じで軽く上を向いて目を細める。

「可愛いなー。ここの猫たちも、飼ってるわけじゃないの?」

「一応世話はしているが、好きで飼っているわけじゃない。以前はよく、パークの前に捨て猫があったんだ」

大通りから少し離れたパークの入り口付近は、車も人もあまり通らない。人目に付かずに捨てるにはもってこいだと思われたらしい。

最初はパーク内で面倒を見つつ里親を探したが、あまりにも数が多くなってきたので、防犯カメラを設置し『愛護動物の遺棄《いき》は百万円以下の罰金が科せられます』と張り紙をしてようやく収まった。

子猫のうちにもらい手が見付かればよかったが、成猫になってしまうともらい手は減る。そこで里親探しは諦め、近所の人たちの理解を得て、地域猫として避妊手術を施してからパーク内で飼うことになった。

当初は二十匹以上いたが、引き取り手が現れたり病気で亡くなったりで、現在は霧谷の家に住み着いている三匹も合わせて十六匹だそうだ。

「そういえば、柵の中にいくつか花の植わってない砂場があったけど、あれって猫のトイレ？」

「そうだ。トイレと食事の世話をして、種苗《しゅびょう》を育てるビニールハウスに猫用の出入り口を作って寝床として提供してやっている。まあ、たまに家まで上がり込んでくる図々しい奴もいるが」

「すみませーん」

意味深長な流し目を、渉は素直に受け止めて、受け流す。

家に上がり込んでいる押しかけ居候《いそうろう》としては耳が痛い話だが、仲間がいると思うと逆に心強く感じた。

パークの中央には、温室もあった。

体育館ほどの広さで、中央が山になっていてそこから滝が流れ落ちて川が流れるレイアウトになっていた。中は当然ながら暖かく、蘭《らん》やフェニックスなど鮮やかな花が見られて、なかなか満足できた。

しかし、霧谷に連れられてパーク内を一周する間に出会ったのは、猫ばかり。

猫は八匹見たのに対して、お客さんは出入り口に到着した頃になって、ようやく三人の杖《つえ》をついた老婦人が散歩に来たのを見ただけ。

それも『小学生以下と六十五歳以上の方は無料』というパークの方針により、もうけには繋がらない来園者だった。

金曜の午前中ということを差し引いても、経営状態が心配になる客入りだ。

このパークの入園料は、学生二百円・大人三百円で温室への入場に別料金はなし、と良心的。幼児を連れたママさんや平日が休みの人がくつろげそうないい場所なのに、あの廃墟な入り口がすべてを台無しにしていると感じた。

「霧谷んちに置いてもらう代わりに、ここで働かせてくれない？」

料理はできないけれど、このパークでならできることがあると思えた渉は、思い切って霧谷に提案してみた。

「今は人手が足りているから、結構だ」

「見て回ってる間に気付いたんだけど、ここっていろいろともったいなさ過ぎて。ちょっと変えればもっとお客さんが来てくれると思ったんだ」

「変更するとは？　どこに問題があるんだ」

「正直言って、花以外の全部」

パーク内はバリアフリーで、街路樹はきれいに整備され、この季節としては十分すぎる花も見られて、きれいだった。

だけど、それだけ。

「まず、入り口！　廃墟感満載の暗いイメージで、入る気にならない。案内図が入り口と温室の前にしかないから、途中で自分の現在地が分かんなくなる。トイレの場所も分かりづらい。ここでゆっくり花が見たい、そろそろ少し休みたいって思う位置にベンチがない」

渉は自分が気になった部分を、矢継ぎ早にあげていく。

日当たり、風通し、水はけなど、花にとっては最適な環境を考えて植えているのだろうが、見て回るお客さんのことを考慮しているようには思えなかった。

花に向ける思い遣りを、何分の一かでいいから人に向けてほしい。

自慢のパークにけちを付けるのかと反論する気だったらしい霧谷も、的を射た意見に、むっとした表情で黙り込む。

「ここの花は本当にきれいだけど、花のことしか考えてない。ユニバーサルデザインな視点が欠けてるって感じたんだ」

渉はこれでも大学でユニバーサルデザイン――万人が利用しやすいデザインについての授業を受けていた。その知識が役立てられると感じたのだ。

「ここは県や市が管理する植物園じゃなく、私設のフラワーパークだ。好きに運営して何が悪い」

「何にも悪くないけど、せっかくきれいに咲かせた花なら、たくさんの人に見てもらいたくない？　俺、霧谷の庭を見ただけで感動したもん！　このパークも人の動向を考えた見せ方に変えるだけで、ぐっとよくなってお客さんが増えると思うんだ」

霧谷の咲かせたきれいな花を、他の人にも見てもらいたい。

そう真剣に訴えると、霧谷も渉がただ難癖を付けているだけではなく、本気でパークのことを考えていると分かってくれたようだ。

「花に影響が出ない範囲でなら、好きにしろ」

「ホントに？　じゃあまずは、廃墟感の排除だね！　友達にストリートアート作家がいるから、そいつに頼んでペンキを用意するよ！」

「ペンキって……そこまで本格的にするのか」

壁の汚れを落としてベンチを移動させる程度だろうと霧谷は思っていたようだが、そんな生半可《なまはんか》な改善で、長年にわたってこびりついた陰気な雰囲気は払拭《ふっしょく》できそうもない。

昨日の台所での失態を取り戻そうと張り切る渉を、霧谷はなんとも怪しげな目で見ていたが、絶対に後悔はさせない。

ここはイラストレーターとしての腕の見せ所。どんな改装をしようか、早速頭の中でイメージを膨らませる。

「ここはぎりぎりの人数でやっているからあまり人手はさけないが、一人で無理をしようとはするな」

「うん。何をするにも、まずは霧谷の許可を取ってからするね」

「予算については、事務の高橋さんに相談しろ。樹木は酒井《さかい》さん、花壇は関口《せきぐち》さんと渡辺《わたなべ》さん、温室は伊藤《いとう》さんがそれぞれ担当している」

霧谷は懐《ふところ》が深いのか、本当に花以外はどうでもいいのか、あっさりと渉の提案を受け入れた上に、協力的だった。

話が決まれば、渉はパークの従業員に紹介してもらえることになった。

従業員は、霧谷を含めて六人。その他に、バイトとボランティアの人たちもいるという。最年長の酒井康成《やすなり》は六十歳で、元は造園業者だったのを霧谷の祖父の緑郎《ろくろう》が引き抜いてきたベテランだ。

他の従業員も祖父の代から長く勤めている人たちで、霧谷の代になってから雇ったのは、一番若手で三十一歳の伊藤真治《しんじ》だけ。

彼の勤めていた園芸店が倒産して路頭に迷うところだったのを、客として店に出入りしていた霧谷が、花の扱いや商品の説明などが丁寧だったところを気に入ってスカウトしたそうだ。

フラワーパークの仕事は、一年中花に囲まれて楽しそうに見える。

しかし実際は、夏は暑いし冬は寒い。雨の日も雪の日も、野外で草むしりに害虫駆除に水やり、と過酷なものだ。

さらに、それだけ世話をしても、開花前に病気で全滅なんてこともある。

それでも植物に携わる仕事がしたい――。そんな熱意を持った人たちばかりだった。

ボランティアは地元の老人会や花好きの人たちで、草むしりや花の植え付けを手伝うことは、社会貢献やぼけ防止になるのでさせてほしい、と向こうから頼んできた。

パーク側は、手伝ってもらう代わりに余った花を街中の花壇に提供したり、事務所の向かい側にある二階建ての建物の一階を、休憩所として自由に使ってもらっているそうだ。

とりあえず、今集まってもらえた酒井と伊藤と高橋にまず渉の提案を聞いてもらうと、こちらも意外とすんなり理解してもらえた。

「いきなり改築ですか。けどまあ、あの看板は老朽化してっから台風でも来たらやばそうだと思ってたんで、あれは何とかしたほうがいいね」

「見慣れちゃってたからなんとも思わなかったけど、言われてみれば……確かに、この玄関じゃお客さんも入りにくいわよねぇ」

厳《いか》つい体つきのいかにも職人風の酒井は、安全面の問題で気になっていたと頷《うなず》く。

事務所に入り込んだのだろうムギワラ猫を抱っこしていた高橋も、猫と遊べるほど暇すぎる受付業務に少しは危機感を持った方がいいと思ったようだ。

伊藤も客からの要望があったことを思い出したらしく、遠慮がちに申し出てきた。

「以前、温室の辺りに自販機が欲しい、ってお客さんから言われたことがあります。それもお願いできたら嬉しいです」

どうやら、みんな腹の底では思っていたが、日々の仕事に紛れて見ないふりをしていたのだろう。

渉が改装をするなら手伝ってもいい、と言ってくれた。

「何か、霧谷んちに来てからわくわくすることばっかりだ」

このところ、霧谷んちに来てからわくわくすることばっかりだ」

このところ、仕事の悩みで落ち込んでばかりだった渉は、とんとん拍子に進む話に、久しぶりの冬の晴れ間にいるみたいな心地よさを感じていた。

だが、見たところ余裕のなさそうなこのパークの予算と人材を使わせてもらうのだ。いい加減な仕事はできないと、気持ちを引き締める。

「霧谷。俺、しっかり仕事するからね！」

「がんばるのはいいが、怪我だけはするなよ」

ちらりと昨日火傷をした右手に目線をやられると、素直にはいと恐縮するしかなかった。

パークの外壁は、黒い柵と白い壁が交互に配置されている。そのすべてを塗り替えるのは規模が大きすぎるので、まずは入り口付近の壁だけ白く塗り直した。

入り口のアーチ形の看板は業者に頼んで撤去し、代わりに軽くて張り替えも手軽にできる横断幕を掲げることになった。

デザインは渉がしたが、文字だけでは寂しいと花のイラストも添えたことで、それだけでも廃墟感の払拭に十分なほどだった。

それで自信を付けた渉は、入ってすぐの広場に面した壁にも明るいイラストを描くことにした。

シカにウサギにリス。可愛い動物をそれなりにリアルに、かつデフォルメを効かせてシカの斑点《はんてん》模様は花にし、ウサギは頭に花冠をのせ、リスには四つ葉のクローバーを持たせた。

「この絵の前に座って写真を撮れば、いい感じになると思うんだよね。ＳＮＳに載せれば『いいね！』もらえること間違いなしだよ！」

手前の花壇越しに写真を撮れば、花と動物に囲まれたファンシーな仕上がりになるだろう。

これまで渉は、行き倒れたり火傷をしたりとろくでもない失敗ばかりしてきたけれど、これで少しは挽回《ばんかい》できただろうか。

様子を見に来た霧谷に、ここに絵を描いた意図を説明すると、霧谷は納得した様子で頷く。

「なかなかいい絵だ。最初にスケッチブックを見たときにも思ったんだが、おまえの絵は写実的だが写真より暖かみがあっていい」

「ホント？　嬉しいな。褒めてくれたお礼に、もう一匹リスを描いちゃうよ！」

霧谷の家で最初に目を覚ましたときに見た、霧谷の笑顔を思い出す。

自分の絵があの笑顔を引き出したのかと思うと嬉しくなって、シカの背中の上にドングリを持ったリスの姿を描き足す。

「――る、渉！」

「へ？　あ、ごめん。何か言った？」

もう一匹くらい足元にウサギを描き足した方がいいかな？　と壁を睨《にら》んで考え込んでいた渉は、霧谷の呼びかけに思考の深淵《しんえん》から帰還する。

「具合でも悪くなったか？」

リスを描いてから急に黙り込んだ渉を心配してくれたようだが、渉はいつも絵のことに集中しすぎると、周りの声も何も関知できなくなってしまうのだ。

「ごめん。ちょっと、構図のバランスについて考えてた」

「下絵も資料も、何もなくても描けるというのはすごいな」

「以前に実物を見てスケッチしたものなら、大抵は描けるよ。構図も頭の中で描いてる」

霧谷は即興でリスを描きあげた渉に驚いたようだが、渉の頭の中にはちゃんと資料がある。

渉は昔から数式や記号を覚えるのは苦手だったけれど、映像だけはやたらと記憶できた。

リスもシカもウサギも頭の中で３Ｄで再現できるので、構図さえ思い付けばすぐに描けるという渉に、霧谷は感心の眼差《まなざ》しを向ける。

「俺は実物を見ながらでも描けないぞ」

「筆一本箸二本で食っていくには、この程度の芸はできなくっちゃね」

単に絵の上手い人間など、世の中には掃いて捨てるほどいる。その中で絵を生業《なりわい》とできるのは、突出した何かがあったり、コネがあったりする一部の人だけ。

渉は仕事の選り好みは激しいが、受けたからにはどういった絵が求められているかをとことん追求して描く。

「きれいな花園で可愛い動物に囲まれる、なんて女の人は絶対好きだよ。そして、振り返ればそこには素敵な王子様が！　きゃーっ、なぁんてロマンチックなのかしら」

『王子様』とは、もちろん霧谷のことだ。

女の子になりきり、霧谷を見つめて腰をくねらせ黄色い声をあげる渉に、こんな奴の描いた絵に感心した自分が馬鹿みたいだと思ったのか、霧谷は片手で顔を覆って深いため息を吐く。

そんな霧谷を意にも介さず、渉は描いている間に思いついた企画を語り始める。

「でね、パークのあちこちにこういう絵を描いて、期間限定でどこかの動物に一つだけハート柄を入れて、それを見つけた人には入場券をあげる！　とかどうかな？」

宝探しのように楽しんで隅々まで見て回ってもらえるし、もらった券でまた次に来るときに友達でも連れてきてくれれば、入園者が増える。

なかなかいいアイデアだと思ったが、霧谷は腕を組んで考え込む。

「しかし、ここまで本格的な絵を、これ以上無償で描いてもらうというのもな」

ペンキ代は経費で出してもらったが、製作費をもらう気はない。

「好きでしてるんだから、お金なんてもらえないよ。第一、俺、霧谷に食費を払ってないから、食費代わりに働くよ」

「俺も、おまえの餌付《えづ》けは好きでやっているから、食費はいらない」

「餌付けって、ひどーい！　けど、的を射てるーっ。霧谷ってば、おもしろいよね」

けらけら笑う渉を、霧谷は怪訝《けげん》な表情で凝視する。

「あー……怒った？」

「いや。……おもしろいなどと言われたのは、初めてだ……」

霧谷の周りにはこれまで、ユーモアを解する人がいなかったらしい。戸惑いを見せる霧谷に、渉はおべんちゃらではなく本気でそう思っていると力説する。

「俺、ここに来てからずっと楽しいよ！　霧谷は、おもしろいし料理上手だしきれいだし。霧谷が女だったら、絶対結婚してる！　いや、この際だし、男でもいいかな？」

「何がこの際だ」

「どこかで妥協しなきゃ。人間、誰しも欠点はあるんだから」

「性別は欠点じゃないだろう」

真顔で真面目《まじめ》に反論する霧谷に、やっぱり霧谷はおもしろい、と渉はまた声を立てて笑った。

桜の咲いている時季は、さすがにパークに来てくれる客も増えたが、それが過ぎるとまた闊歩《かっぽ》するのは猫たちだけ、という寂しい日々が続く。

しかし、寒々しかった落葉樹も芽吹き、淡い緑の優しさが目に心地よく、心まで柔らかくする。

改装が進んでもっと居心地がよくなれば、きっとお客さんは増える——そう信じられた。

パーク内の改装も、他の従業員たちもそれぞれアイデアを出して実行し始めたおかげで、順調に進んでいた。

正面の塀に沿った木はぎりぎりまで刈り込んで、柵から中の様子が少し見えるようにし、柵には棘《とげ》のないつるバラを這わせて華やかさを演出。

ゲート前に設置した掲示板には、見頃の花を写真入りで紹介。パーク内にはあちこちに現在地を示す看板を立て、花壇を眺めやすい位置にベンチを移動させた。

ちょっとしたことだが、確実にパーク内の環境はよくなってきている。

これからは外交的努力で集客に力を入れようと、渉は外へ呼び込みに行くことにした。

「今日は、商店街でビラ配りしてくる。あと、新しいポスターも貼らせてもらってくるね」

「あ、チラシも届いたんですね」

朝のミーティング時に、事務所の机の上にどんとチラシの入ったダンボールを置くと、伊藤が先に届いていたポスターを出してきてくれた。

刷り上がった、この時期お勧めの花を紹介するチラシをダンボール箱から出せば、華やかな色合いにうきうきした気分になる。

これまでのチラシは、単に花の写真と見頃などを書いただけの素っ気ない物だった。だが渉は、花の名前の由来や花言葉など興味を惹く言葉を写真に添え、文字も花に合わせて可愛い書体や色を考えて配置した。

これを見た人たちが、一人でもパークに来てくれますように。渉は心の中で願いながらチラシとポスターを紙袋に詰め込む。

パークに置く分を取り分けて机の上に出していると、霧谷も手にとってチラシを眺める。

「文章は伊藤さんに考えてもらって、写真とレイアウトは俺がしたんだ」

「人目を惹く、いいチラシだな。……ん？」

そのチラシには、パークの園長である霧谷の写真も使っていた。事前に写真を使う許可は得ていたが、その紹介欄が納得いかなかったようで、霧谷は眉間《みけん》にしわを寄せる。

「ありとあらゆる花を見事に開花させる園長は、まさに『フラワーキング』の名がふさわしい……何だ？　このふざけた紹介は」

「そこは渉さんが書いたんですよ！」

霧谷に睨まれた伊藤は、僕じゃありませんと必死に首を振って渉を指さす。

「最初はゆるキャラを作ってみようかと思ったんだけど、せっかく美形がいるんだから有効利用しない手はないなと思って。霧谷をパークの王様『フラワーキング』として前面に押し出してみました！」

これで老若男女、とまではいかなくても、女性客は集められる。

安上がりでいいアイデアでしょと得意げな渉に、霧谷はチラシをぐしゃっと握りつぶした。

「ああっ！　もう、何すんの。もったいない」

チラシ一枚だって、ただではない。経営状況までは知らないが、お客さんは少ないのに花は多いこのパークの資金が豊富とはとても思えない。

そんな中から印刷代を出してもらって作った、大事なチラシだ。

霧谷がしわくちゃにしたチラシは自分がもらっておこう、と机の上で丁寧にしわを伸ばす。

「チラシの一枚くらいで……」

「その一枚で！　それを受けとった人が来てくれたかもしれないのに、可能性はつぶせないよ」

「そうだな。悪かった」

素直に非を認めて謝罪する霧谷への好感度は、メーターを振り切る勢いで上昇する。

「さすがフラワーキング。物わかりがよくて格好いい！」

「……その呼び名はやめろ」

「はっ。キングのご命令とあらば！」

「だから、そういうのをやめろと言っている」

「あらあら。仲良しさんねぇ」

性懲《しょうこ》りもなくふざける渉の首根っこを、悪戯猫《いたずらねこ》をいさめるみたいに掴む霧谷を見て、茶ブチ猫を抱っこした高橋がころころ笑う。

「渉くんが来てくれてから、パークの中が明るくなったわ」

「本当？　もうちょっと余裕ができたら、柵の塗り直しもするからね！」

とりあえず目立つ入り口の塀の塗り替えをすませただけで、他の部分はまだ手つかずだ。そこもいずれは何とかして、もっとパーク内がいい雰囲気になるようにすると意気込む渉の頭を、高橋は茶ブチ猫の前脚でぺんぺん叩く。

「そういう意味じゃなくてね。いえ、それもあるんだけどね。……あなたはいい子だって話よ」

どういう意味だかさっぱり分からなかったが、自分はパークの役に立てているようだ。へらりと笑えば、高橋はご褒美とばかりに茶ブチ猫を抱っこさせてくれた。

パークのバックヤードには三棟の大きなビニールハウスがあり、そこには何百、何千という苗が植わっている。

思わぬ病気や天候悪化で駄目になった場合を想定し、常に予備の花を用意しておかなければならないのだ。

さらに種のすべてが発芽するわけではないから、種まきの量は膨大なものになる。

今日は手の空いている従業員全員で朝顔の種まきを行うことになっていたので、渉も手伝うことにした。

朝顔の種は、硬い殻で覆われている。だからまずは発芽を促すために、殻の一部を少し削り取る『芽切り』という作業を行う。

五ミリ程度の小さな種の、殻だけを一ミリほど削るという。

渉も花壇担当の関口に教えてもらってやってみたが、思ったより硬い殻に苦戦する。でも何個か続けてコツを摑めば、手早くできるようになってきた。

削った種はポットにまき、間違えないよう名前を書いたラベルを立てていく。

朝顔には色や形によってそれぞれ別に名前があるのは知っていたが、ここにあるだけで百種以上の名前の朝顔があって驚いた。

『団十郎《だんじゅうろう》』『藤娘《ふじむすめ》』『古今《ここん》の月《つき》』と名前からはどんな花が咲くのかは想像も付かなくて、開花が楽しみで作業がはかどる。

細かな作業を器用にてきぱきとこなす渉を見て、ベテランの酒井も舌を巻く。

「さすがはフラワーキングの嫁だな」

「渉くんは、嫁っていうより押しかけ女房よね」

一段落付いたので休憩しようとお茶を淹《い》れてきた高橋も、酒井と一緒になって渉をからかう。

霧谷家に転がり込んだ自分は、確かに『押しかけ女房』と呼ばれても仕方がないかも、と納得しかけたが、他の部分で引っかかった。

「キングの嫁なら、クイーンって言わない？」

「それもそうか」

「でもフラワークイーンじゃ、レースクイーンみたくヘソ出し水着を着なきゃいけない感じで嫌だから、嫁でいいかな」

「……嫁はいいんだ」

高橋が、足元にじゃれつく茶虎白猫の相手をしながら呆れた顔で笑ってくれたので、受けると調子に乗るタイプの渉はさらに話を膨らます。

「俺がキングの嫁となったからには、この霧谷フラワーパークを全国を狙えるパークにしてみせる！」

「全国の何を狙う気だ」

「『全国集客ナンバーワン・フラワーパーク選手権』とかってないの？」

「ねぇよ」

ないものは目指せないから諦めろと酒井から諭されたが、盛り上がった気分は簡単には治まらない。

「あの夕日に向かって走れーっ的に、漠然とでも目標があった方が張り合いがあるじゃない。何かないかな？」

「渉くんって、なんかこう……」

「分かりやすいアホだな」

言葉を選ぼうとする伊藤を尻目《しりめ》に、酒井はずばっと言い切る。

「霧谷ーっ、酒井さんがいじめるーっ」

霧谷の元へ走り寄って腕にすがって泣きつくと、ため息を吐きつつも頭を撫でて慰めてくれた。

仏頂面をしているようで、その口元は緩んでいる。

自分の馬鹿騒ぎを笑ってくれる人がいるのは、嬉しい。渉が猫だったら、霧谷の手に頭を擦り付けてごろごろ喉を鳴らしているところだ。

「俺の理想のお嫁さんは、きれいでお料理上手で優しくて、よく笑う人。って、霧谷がぴったりなんだよね」

涉の発言に、周りの全員が「え？」という顔で涉の方を見た。

「霧谷さんって、そんなに笑ってるってイメージは……」

「俺が笑っているとしたら、おまえが笑わせるからだろう」

その言われ方では笑われている気がするのだが、それでもいい。霧谷のきれいな笑顔が見られるなら、馬鹿にされたっておつりが来るというものだ。

「霧谷といると楽しいよ」

「……そんなことを言うのは、おまえだけだ」

何故か霧谷が不機嫌そうにそっぽを向くので、これ以上は機嫌を損ねないようにしようと、涉は話題を変えることにした。

「ねえねえ、ここにはヘブン……何とかって青い朝顔はないの？」

前に写真で見た、壁を覆い尽くすほど生い茂り、真夏の空を写し取ったかのような鮮やかな青い花を咲かす朝顔。その名前が確か——。

「ヘブンリーブルーか」

「そう、たぶんそれ！」

「それは、朝顔じゃない」

「え？」

「ヘブンリーブルーは、西洋朝顔だ。あれは、行儀が悪いからここでは栽培しない」

「行儀って……」

「やたらと蔓《つる》が伸びて茂って、行灯《あんどん》に仕立てることもできないんだ」

行灯仕立てとは、鉢の外側に支柱を何本か立て、そこに輪をかけて蔓をらせん状に巻き付ける、蔓植物によくある栽培方法だ。

だがどうも西洋朝顔は生育が旺盛《おうせい》すぎて、鉢におさめきるのが難しいらしい。

「普通の朝顔と西洋朝顔って、どう違うの？」

「両方ともヒルガオ科だが、近種の別物だ。一般的に、アジア系で七月頃に開花する物を『朝顔』、メキシコ系で九月頃に開花する物を『西洋朝顔』と呼び分けている。ヒルガオ科は種類が多くて、サツマイモもヒルガオ科なんだぞ」

「サツマイモってことは、ヘブンリーブルーって食べられるの？」

「食べられない。特に、種には幻覚作用があるそうだから食うなよ。朝顔の種も、初めは下剤として中国から日本に渡ってきたくらいだから、そっちも駄目だ」

写真で見たヘブンリーブルーは、作物としてあんなにたくさん栽培していたのかと思ったが、そうではないようだ。

「なんだ。つまんないの」

「だが同じヒルガオ科のヨウサイ――いわゆる空心菜《くうしんさい》なら、葉と茎が食べられるぞ」

「空心菜って、中華料理とかになってる、あれ？　あれも朝顔の仲間なんだ」

調理された物しか見たことはないが、空心菜が朝顔っぽいなんてかけらも感じたことはない。なのに同じ科に振り分けられているなんて。

「食用として出回っているものは、蔓が伸びる前に収穫されているからイメージしにくいだろうが、刈らずに育てれば蔓が伸びて、白くて中心部はピンクの可愛い花が咲くんだぞ」

「そうなんだー。こういう解説を聞くのっておもしろいね。お客さんにもしてあげたら受けるんじゃないかな？」

こういう知的好奇心を満たすイベントは昨今人気だから、お客さんが呼べるかもしれない。

提案する渉に、伊藤もいいじゃないですかと頷く。

「花の観察会って植物園では人気ですから、うちでもやってみてはどうでしょう？　今はまだ朝顔はないですが、キダチチョウセンアサガオ属のエンジェルストランペットがそろそろ見頃になりますよね」

「エンジェルストランペットって、知ってる！　ラッパみたいな花が下向いて咲くやつだよね。あれも朝顔なんだ」

「正確に言えば、あれはナス科でヒルガオ科の朝顔とはまったく別だ。上向きに咲くチョウセンアサガオ属のダチュラの近縁のブルグマンシア属で――」

「そのあふれ出る植物知識を、情熱を込めてお客さんに聞かせてあげれば、きっと喜ばれるよ！」

立て板に水の勢いの霧谷の蘊蓄《うんちく》は、おもしろいしためになる。

しかし、今は長々と聞いている暇はない。

「早速、観察会のお知らせチラシを作らなきゃ！　サイトにも告知ページを作って——伊藤さん！　手伝って」

「えーと、いいですか？　霧谷さん」

「……好きにさせてやれ」

完璧に事後承諾だった気もするが、許可は取った。渉は嬉々《きき》として観察会のお知らせチラシ作りに取りかかることにした。


霧谷フラワーパーク初の観察会は、次の週の日曜日と急な告知だったが、地方新聞と地元ラジオ局に広告をお願いしたおかげか、二十一人の参加者が集まった。

参加者は、植物好きそうなおばさんたちと、定年して夫婦で庭いじりをしているような年配の夫婦が多かったが、二十代から三十代ほどの若い女性も七人いた。

これは、チラシと新聞広告に『フラワーキングこと霧谷園長による解説付き』と霧谷の写真を大きめに入れた効果に違いない。

渉の狙い通り、若い女性のお目当ては花より霧谷らしく、先ほどからはしゃいだ様子で霧谷にスマートフォンを向けて写真を撮っている。

作業着に長靴姿でも、猟《りょう》に出かける王様の風格がある霧谷は、フラワーキングの名がふさわしい。

美形の集客力恐るべし！　と渉は得意満面だったが、霧谷の態度は淡々としたものだった。

「本日は霧谷フラワーパークにお越しいただき、ありがとうございます。それでは早速ですが、花の観察会を始めさせていただきます。まずは現在見頃の、エンジェルストランペットをご案内させていただきます」

紋切《もんき》り形の挨拶を述べると、霧谷はさっさとパークの左奥にあるエンジェルストランペットの咲いている花壇に向かう。

無言で歩いて行く霧谷に代わって、補佐役としてお供した伊藤が、途中の花壇に咲いている花の名前を参加者に告げていく。

目的の花壇に到着すると、二メートルほどの高さで大人が三人がかりでないと取り囲めないほどの大きさに育ったエンジェルストランペットが二株。淡いオレンジ色の株とピンク色の株が、それぞれ手のひらくらいの大きなラッパを鈴なりに咲かせていた。

エンジェルストランペットは一般家庭でも栽培されているが、ここまで大きくて花付きのいい株はそうそうない。

エンジェルストランペットの花は夜に開くため、その時が一番香りが濃厚なのだが、今でも甘い香りを放っている。

霧谷はその前に立ち、以前、渉に遮られたエンジェルストランペット蘊蓄を心置きなく傾ける。

大半の参加者は、その話を聞きながら花に近付いて匂《にお》いを嗅《か》いだり写真を撮ったりして、なかなか楽しそうだ。

だが、若い女性たち四、五人は、花より霧谷で、霧谷の写真ばかり撮っていた。

「何かご質問があれば受け付けますので、他の花のことでも何でも、遠慮なくどうぞ」

一通り解説がすむと、霧谷は真面目に聞いてくれていた人の方に向かって軽く頭を下げ、質問を募る。

「霧谷さんって、お若いのに園長さんだなんて、すごいですね」

「独身なんですかぁ？」

霧谷の目の前に陣取った二十代前半ほどの女性二人組から、花とは関係のない質問が飛びだした。

何でも質問を受けるとは言ったがそういう意味ではない、と霧谷はむっとした顔をする。

接客上まずいと思ったが、渉がフォローに入る前に、彼女たちの横にいた六十代くらいの女性が、いい感じの質問を投げかけてきた。

「この花の汁が目に入ると失明するって噂《うわさ》を聞いたけど、本当なの？」

「有毒ですが、少し汁が目に入った程度なら、すぐきれいに洗い流せば問題ありません。『失明する』というのは、近縁種のダチュラから麻酔薬を作った華岡青洲《はなおかせいしゅう》の妻が、薬の治験で失明したという話からきているのではないでしょうか」

霧谷もこれ幸いと思ったのか、最初の質問は無視して、花に関する雑学の披露を始めた。

だが、若い女性もめげずに、何とか霧谷と話そうと食らいついてくる。

「そのダチュラ？　っていう花はどこにあるんですかぁ？　見たいから連れてってくださいよ」

「そちらは開花時期が少し遅いので、まだ開花しておりません」

女性の方に顔も向けない素っ気なさ過ぎる霧谷の態度に、こちらがひやひやさせられる。

渉も質問をして、会話を広げる努力をすることにした。

「ダチュラって、いつ頃咲くの？」

「この辺りでは七月頃からかな。白くてきれいな花ですが蕾《つぼみ》はオクラに似ていて、間違って食べて食中毒を起こす人もいるので、気を付けてくださいね」

特におまえはな、という眼差しで霧谷が渉に向かってにっこり微笑むと、キャーという黄色い歓声とフラッシュが光る。

そのまぶしさにか、話をまともに聞いてくれないことにか、霧谷が露骨に嫌そうな顔をしたので、渉は慌てて気をそらそうと辺りを見回し、道沿いに植えられた低木に咲く白い花を指さした。

「えっと、霧谷、あの花、あれは何て花？　よく道ばたでも見かけるけど」

「ああ、あれはシャリンバイ——漢字では車の輪の梅と書きます。バラ科ですが、車輪のように放射状に伸びた枝葉の中心に、梅に似た花が咲くことから名付けられました」

霧谷の解説に、白髪頭でよく日に焼けた六十代ほどの男性が、そんな名前だったのかと感心して頷いた。

「あれは、俺の田舎《いなか》の海辺でよく見たなぁ」

「潮風をはじめ、大気汚染に強い木なので街路樹に向いているんです」

おじさんの合いの手のおかげで、花の観察会にふさわしい流れになってきた。

このあとは、女性たちが話しかけることを諦めて写真撮影に徹してくれたおかげで、問題なく花の観察会を続けることができた。

観察会が終わると、霧谷は逃げるようにそそくさと事務所の奥に引っ込んでしまった。

「さっきの女の人たち、渉さんの絵の前でも写真を撮ってましたよ！　やっぱり女の人は、ああいう可愛い絵が好きで——渉さん？」

伊藤は観察会が無事に終わり、お客さんも楽しんでくれたと、今日の結果が満足だったようだ。

だが渉は、そのことを喜ぶより、霧谷のお客さんに対する素っ気ない態度が気になっていた。

「この観察会、霧谷は楽しくなかったのかな？」

霧谷を喜ばせたくてしたことだったのに、迷惑だったのだろうか。笑顔のなかった霧谷の様子が気になった渉だったが、伊藤はきょとんとした顔で首をかしげる。

「え？　別に普段通りでしたし、そんなことないと思いますよ」

「普段通りって、ほとんど笑わなかったじゃない」

渉の見た限り、自分に向かって一度笑いかけてくれただけだし、女性に対する態度は、真面目に話を聞かない彼女たちに腹を立てていたのかもしれないが、冷たくて怖いくらいだった。

いつもの優しくて面倒見のいい霧谷からは、想像も付かない。

だけど伊藤は、あれがいつもどおりの霧谷だという。

「何？　霧谷ってば二重人格なの？　それとも、女嫌いとか」

「霧谷さんはああいう立場の人だから、若い女性には警戒心を持ってるんじゃないでしょうかね」

「ああいう立場って？」

「おっと、そろそろ温室のシリンジの時間だ。渉さん、悪いけどまたあとで」

フラワーパークの園長は、女性と仲良くしてはいけないんだろうか？　訊ねたかったが、伊藤は温室の水まき作業があるらしく、そちらへ行ってしまった。

「……本当の霧谷って、どっちなんだろ」

優しい霧谷と、素っ気ない霧谷。

どちらも格好良くて素敵だけれど、霧谷はやっぱり笑顔なのが一番だと思った。

このところパークの仕事が本業のようになっていたが、渉は本来イラストレーターだ。

ここ二日ほどは、部屋にこもってイラストを描いていた。

大学在学中から、バイトに行っていたデザイン事務所で広告のイラストを描いたり、雑誌のイラスト大賞に応募して賞をもらった流れで、広告用のイラストや小説の挿絵《さしえ》の仕事を依頼される。

今取り組んでいるのは、ビジネスマン向けの実用書に使うカットイラスト。

背広姿の男性が名刺を差し出したり、外国人と会話したりしているシーンを出版社からの指示通りにシンプルな線で描く。

すべてモノクロのイラストなので、ペンとスクリーントーンだけで描けるから、パソコンのあるアパートに戻らなくてもできて助かる。

最初の日に泊めてもらった仏間から引っ越し、現在は霧谷の部屋の奥にある六畳の和室に住まわせてもらっていた。

画材や着替えを持ち込み、ここがすっかり渉の部屋と化しているが、さすがにデスクトップパソコンやスキャナーまで持ち込むのは気が引ける。

しかし渉は元々、水彩やアクリルなどの絵の具を使ったアナログイラストが得意だったので、さほど問題はなかった。

「ふにゃー、疲れたぁー」

深夜一時を回った頃、夕飯を食べてからずっと机にへばりついていた身体が悲鳴を上げ始めた。

大きく背伸びをしてそのまま後ろに倒れ込めば、視界の隅で素早く動くものがあった。

「え？　あ、サバ！」

壁際に置いてあった座布団の上で眠っていたサバ猫が、渉の動きに驚いたのか廊下へと続く障子に向かってひょこひょこと逃げていく。

この家には、猫がどこへでも行けるよう、至る所に猫扉が付いている。

霧谷は猫たちが勝手に居着いているだけなんて言うけれど、こうやって甘やかすから居着くのだ。

ここの障子も格子の一つがのれん状になっていて、猫が障子紙を破らなくても出入りできるようになっていた。

「待って！　サバ」

そこから出て行こうとするサバ猫の後ろ姿に呼びかけると、サバ猫は立ち止まって振り返る。

「びっくりさせてごめん。静かにするから、寝てていいよ。――って『いいよ』なんて上からの言い方は駄目だよね。サバの方がこの家に先に住んでたんだから」

ここは後輩居候として、分をわきまえなければ。

それに茶虎猫と白黒猫は雄だが、サバ猫は雌――。女性には親切にするのが男というものだろう。

じっと渉を見ているサバ猫を驚かさないよう、そっと座布団を差し出す。

「お邪魔して申し訳ありません、先輩。ここで寝ててください」

ゆっくりと瞬きをするのが猫の挨拶と聞いたことがあるので、意識してゆっくり何度か瞬きを繰り返し、そっと座布団から離れてみた。

駄目かな、と視線を落としたとき、サバ猫がそろっと前に進み出た。そのまま俯《うつむ》いて見ないふりをしながら盗み見ていると、サバ猫は座布団の上にぺたりと座る。

顔は前脚の上にのせ、じっと渉から目をそらさないが、戻ってきてくれた。

それだけのことが嬉しい。怖がらせないようそっと顔を上げ、またゆっくり瞬きしながら話しかける。

「俺はサバをいじめたりしないから、安心して。ここは……とっても居心地がいいよね」

ここは、どこより安心できる場所だ。

渉自身もそう感じながらサバ猫に微笑めば、サバ猫は同意するみたいに目を細める。

渉と二人だけのときに、サバ猫がこんなにくつろいでいるのを見たのは初めてだ。嬉しくなって見つめていると、心地よさげなサバ猫につられて渉のまぶたも落ちてくる。

「うう……猫の寝顔って、睡眠誘発効果すんごいんだ……」

しかし、渉は寝ている場合ではなかった。

あと二日で、小さなものも含めれば二十カットものイラストを描かなければならない。

「この仕事が終わったら、俺、霧谷と遊ぶんだー」

観察会が終わってすぐイラストの仕事に取りかかり、あまり霧谷と話せていないし霧谷の笑顔も見られていない。

早く終わらせて、いつもみたいな霧谷の笑顔が見たい。霧谷は渉が馬鹿なことを言ったりしたりしても、怒らずに笑ってくれる。

たまに呆れはしているようだが――とにかく、渉のすることを全部受けとめてくれる。

「俺、ここが好きだ……霧谷も、好きだ」

やさしくて料理上手な霧谷を、好きにならない方がおかしいよね、と目の前のサバ猫に同意を求めたが、サバ猫は眠そうな薄目で渉を見ているばかり。

それでも、聞いてくれる相手がいるのはいい。

渉は眠気覚ましに話し続ける。

「霧谷は美味しいご飯も食べさせてくれるしね」

絵を描いている間は、本当に『食べさせて』くれた。

食事の時間も忘れて集中していたらしい渉の口元まで、スプーンでオムライスを運んで食べさせてくれたのだ。

どれを貼ろうかとスクリーントーンを睨んでいる目の前に、いきなりほかほかのオムライスが現れたのには驚いたけれど、そのままぱくりと食いついた。

もぐもぐしながら横を見ると、霧谷は苦笑いしていたが、ちょっと楽しそうにも見えた。

あくまでも、そうであってほしいと希望的見解だけれど、とにかく霧谷はそのままオムライスを全部食べさせてくれた。

その後も、カレーやチャーハンなどスプーンで食べられるものを作ってきては、渉に食べさせた。

王様もびっくりの好待遇だ。

「こんな幸せでいいのかなぁ、俺……」

ここは、人を駄目にするレベルに居心地がいい。

「俺も、もっとパークの改装をがんばってお客さんを呼んで、霧谷に恩返ししなくちゃね」

そのためには、さっさとこの仕事を終わらせなければ。

「よし。休憩終わり！　——っと、ごめん、サバ」

がばっと起き上がると、サバがびくりと身体を震わせる。

驚かせたことを詫《わ》び、サバ猫が再び落ち着いて丸くなるのを見届けてから、渉はそうっと机に向き直った。


朝の清々《すがすが》しい空気の中、鳥たちが鳴き交わす声を聞きながら庭の植物たちに水をやるのが霧谷の日課だ。

爽やかな空気が肺に満ちて全身に運ばれ、今日も一日がんばろうと気持ちが引き締まる。

「霧谷ぁ……おぁよーぉう」

自宅で楽しむように、と用意した庭の朝顔の鉢に水やりをしていた霧谷に向かって、渉は縁側から寝ぼけ眼《まなこ》であくび混じりに挨拶をしてきた。

せっかく引き締めた気持ちを緩ます間抜けた挨拶に、霧谷はがっくりと項垂れる。

ふらふらしながら目元を擦《こす》る渉の意識は、まだ半分夢の中に置き去りになっているようだ。

昨夜、渉は遅くまでかかってイラストの仕事を終えたばかりのはず。

本業が忙しい時は手伝わなくていいし、朝も無理に起きるなと言ってあるのだが、朝はいつもの時間にお腹が空いて目が覚めるそうだ。

今日もいつもと変わらない時間に起きてきたが、この様子では作業を手伝ってもらうのは無理だろう。

朝の水やりは、早朝のうちにすませてしまわないといけない。

気温が上がれば土中の水の温度も上がり、根が煮えてしまう。そうならないよう、気温が上がりきる頃には適度に乾いた状態になる時間に水やりをすますのが望ましい。

渉には悪いが、もう少し空腹のまま待ってもらうしかない。

「おはよう。朝飯ができたら起こしてやるから、もう少し寝ていろ」

「んー……」

渉本人も、とても役に立てないと分かっているようで、庭に下りてこようとしない。

だが部屋に戻りもせず、縁側で突っ立ったまま朝顔の水やりを続ける霧谷を眺めている。

あれだけ集中して仕事をした後では、ぼんやりするのも仕方がないだろう。

何しろ、放っておいたら渉は食事すらしない。

一段落したら食べられるよう食事を部屋に置いておいてやっても、気付かないのか手付かずだった。

そこで、試しに口元まで料理を運んでやったら、お腹は空いていたようで食いついてきた。ご飯を食べさせている最中、目が合うとにこっと嬉しそうに微笑む。それが可愛くて、自分で食べろと言えなかった。

水をやり肥料をやり、支柱を立てて世話をしてやらないといけない植物を育てている時みたいなやりがいを感じて、楽しかったくらいだ。

もう食べさせてやれないことを少し寂しく感じながら渉を見ると、渉はなんだかいいことを思いついたみたいに目をぱっちりと見開いた。

「ねえねえ、霧谷。朝顔と朝立ちって、似てるよねー」

「まあ……字面《じづら》は少しな」

「儚《はかな》いところも似てるじゃない」

「儚い……だと？」

下ネタに思いもよらない言葉が入り込んできて、混乱した霧谷はその場でホースを持ったまま立ち尽くす。

「うん。朝顔は昼になったら萎《しぼ》むし、朝立ちもトイレ行ったら萎むでしょ」

「一緒にするな！　大体、どうしてそんな話を――」

「いや、今、勃《た》ってるから」

渉はことをなげに下半身事情を口にして、自分の下腹部を見る。

そのパジャマのズボンの前は、立派にテントを張っていた。

どうやら寝ているのは頭だけで、お腹と身体はしっかり起きているようだ。

「……可愛かろうが子供っぽかろうが、一応は大人の男なんだな……」

「霧谷んちのトイレって、アサガオ便器があるから助かるわー。勃ってるときに洋式だと、やりにくくって大変じゃない」

この家はトイレも昔のままで間取りが広く、普通の洋式便器だけでなく手前に男性用の便器も備え付けられている。

それを無邪気に喜ぶ渉の笑顔は、やっぱり子供っぽい。

「ねえねえ、霧谷は洋式のトイレしかないときに朝立ちしたら、どうしてる？　やっぱこう、前屈《まえかが》みでタンクのとこに手をついてする？」

「いいから、さっさとトイレに行け！」

「はぁーい。……このネタは受けが悪いか……」

まだ寝ぼけているのか、渉は何やら口の中で呟《つぶや》きながら、とてとてと小走りにトイレに向かった。

トイレから戻った渉は、しっかり頭の方も起きたようだ。

「霧谷ーっ、渉くん、お腹空きすぎて死んじゃうよーっ！」

しばらくは猫の相手などして大人しくしていたが、お腹が空いたと騒ぎ始めた。

縁側から庭に向かって放たれる、爽やかな朝に似つかわしくない悲壮感《ひそうかん》を含んだ声に、霧谷は忍び笑いを漏らす。

初めはもっと控えめで『それ、まだ時間かかる？　手伝おうか？』『お腹空いてきたんだけど……』としおらしい催促だった。

けれど、だんだんエスカレートしてくる催促が、どこまでいくのか楽しみになって放置した。

ご飯をねだる渉は、まるで餌を催促する猫のよう。

初めは足に擦り寄る程度だったのが、ズボンに爪を立ててよじ登ってくるみたいな必死さで、可愛い。

成人した男に可愛いというのもどうかと思うが、他に言いようがないのだ。

可愛い様をもっと見たくて、霧谷はわざとあれこれ手を付けて焦《じ》らしていたが、そろそろ限界だろう。

だが霧谷がホースを片付けにかかる頃には、渉は催促を諦めたのか縁側から姿を消していた。

すねて猫を相手に愚痴《ぐち》でもこぼしているのかと想像すれば、自然と口元がほころぶ。

炊飯器は夜のうちにセットしてあるので、ご飯はもう炊けている時間。今日の朝食の予定は、味噌汁と玉子焼きとウインナー。

ウインナーは渉の好物だ。それで機嫌も直るだろう。

早速朝食の準備にかかろうと、縁側の靴脱ぎ石に足をかけた霧谷の目の前に、ぬっとおにぎりが現れた。

驚いて顔を上げれば、縁側にかがみ込み、両手におにぎりを持って満面の笑みを浮かべた渉と目が合う。

右手のおにぎりは食べかけのようで、大きく欠けている。

「ここで一句。『朝顔に　霧谷取られて　もらい飯』――どう？」

うまいもんでしょ？　と、どや顔の渉に、霧谷は肩を落としてため息を吐く。

「……どこで恵んでもらってきた」

「裏の山田《やまだ》さんのおばさんにもらったの」

渉が自分で作るとは考えられないと思ったら、案の定だ。

さっきからずっと、お腹が空いたと喚《わめ》いていたのが、裏のお宅にまで聞こえたようだ。

霧谷家の左隣はフラワーパークのバックヤードで、右隣は道路。裏の家とも互いに庭を挟んだ立地なので少しくらい騒いでも大丈夫なはず。

だが、向こうの家人も庭に出ていて渉の悲壮な叫びを聞き、気の毒に思って作ってくれたのだろう。

もしも渉が自分でおにぎりを作ろうとしたなら、炊きたてのご飯をいきなり手のひらにのせて「熱い、熱い」と大騒ぎをしていたはず。

そんな様をリアルに想像できるくらい、渉の行動を理解してしまっている自分に驚く。

初めは、具合が悪そうだったので仕方なく家に入れてやっただけだった。

けれど渉のスケッチブックを見たとき、自分の育てた花をこんなふうに見てくれていると知って、面《おも》はゆくも嬉しかった。

やさしく温かな色にシンプルで迷いのない線で描かれた花たちは、見ているこちらの気持ちも柔らかくしてくれる。

あんな絵を描く人間なら、家に置いてやってもいいと思えた。

花好きにだって、自分が好きな花なら希少な保護植物でも勝手に持ち帰る身勝手な人でなしがいるので、いい絵を描く人間がみんないい人とは思わない。けれども渉の絵は、柔らかな色合いに優しいたたずまいで、見ているとほっとする。

何より、望まぬ来訪者に煩わされて自宅でくつろげないという状況は、気の毒に思えた。気に入らなければ、すぐに追い出せばいい――それくらいの軽い気持ちで受け入れたはずの渉は、いつの間にか住み着いた猫たちと同じように、霧谷の暮らしに溶け込んだ。

構うことも構われることも苦手だった霧谷は、今まで他人の行動に興味を持ったことなどなかった。

だが渉の行動は突然で予想外で奇想天外で、次は何をしでかすかと、不安なんだか楽しみなんだかよく分からないけれど、とにかく目が離せなくなった。

それに、うっかり目を離せば、今回みたいによそ様に迷惑をかけることになる。

別に霧谷は渉を居候させているだけで保護者でも責任者でもないのだが、渉が自分以外の誰かに迷惑をかけたとなると、なんだか自分の責任みたいに感じる。

何より、渉の面倒は自分がみてやりたい。

「心配しなくても、ちゃんと霧谷の分ももらってきたよ！」

左手に持ったおにぎりは霧谷の分、と説明されたが、そんなことはまったく心配していない。後で朝から騒いだお詫びとおにぎりをいただいたお礼に、鉢植えの花の一つも持って行かなければと考えていただけだ。

噂話が大好きな山田さんに、居候に食事も食べさせていないなんて言いふらされては堪《たま》らない、と頭が痛くなる。

けれど、得意げにおにぎりを差し出してくる渉の笑顔を見れば、こちらも笑顔になってしまう。

結局、二人で縁側に腰掛け、おにぎりを頬張《ほおば》ることになった。

「この梅干し、おばさんが漬けたんだって。酸っぱくって美味しいよね」

渉はいつの間にか、近所の住民とも顔見知りになっているようだ。

この人見知りのなさはすごいと感心すると同時に、他の人にもこんなふうに甘えているのかと思うと、おにぎりが喉につっかえるような、奇妙な感覚を覚える。

閉じ込めて自分だけのものにできたら――爽やかな朝にそぐわしくない不埒《ふらち》な想いを飲み

込めば、それは梅干しの酸っぱさ以上に、霧谷を渋面にさせた。

涉の方はご機嫌で、手に付いた海苔《のり》まできれいに舐《な》めとる。その仕草はやはり猫っぽくて、可愛く思えた。

「そーだ！　この前、山田さんちの庭の草むしり手伝ってるときに、すごいこと聞いたんだ。おばさん、俺のお母さんのこと知ってたんだ。何か、会えば挨拶する程度だったそうだけど、俺がお腹にいたときも見たって」

「そうなのか。世間は狭いな」

「びっくりだよね」

「涉の母親は、この近所に住んでいたのか？」

「さー？　俺はお母さんの結婚前の話なんて知らないし、何かおばさんの話も曖昧《あいまい》で。ずいぶん前のことだし、おばさんも年だから記憶があやふやなんじゃないかな」

近所の住人の年齢など知らないが、彼女はもう七十歳近いはず。記憶が不確かになるのも無理はない。

しかし涉は、その程度のことでも母親の話が聞けたのが嬉しかったのか、ご機嫌だった。

そんな涉の無邪気な笑顔に、霧谷は微笑み返すことができなかった。

──涉を喜ばせるのは、自分だけでありたい。

それが叶《かな》わないもどかしさに、霧谷は唇を噛みしめた。

六月にもなれば、ビニールハウス内で作業をしていると汗ばむ日が増えてくる。

元々、余り物のサイズが少し大きい作業着を着ていた渉は、袖を肘《ひじ》の上までまくり上げて作業をしていた。

額《ひたい》ににじむ汗も気にならないのか、さっきから機械のように正確に同じ動作をテンポよく繰り返す渉を、霧谷は感心して見ていた。

今植え付けているエゾギクとも呼ばれるアスターは、小ぶりだけれど形も色も様々なので、花壇に植えると華やかでいいので数がほしい。

ずらりと並べた直径五センチほどの小さな育苗ポットの中に、ごま粒ほどの小さな種を素早く等間隔で土の上に落としていく。

霧谷は渉のあとから、その種の上にふるいを使って軽く土をかぶせる覆土《ふくど》をしているのだが、気を抜くと追いつかないほどの速さで進んでいく。

フライパンを熱しながら玉子を溶く、なんて小学生でもできることができない男とは思えない器用さだ。

渉は、二つのことが同時にできないというか、一つのことに集中しすぎて他が見えなくなるようだ。

何故こんなことができない？　と思うような簡単なことを失敗するかと思えば、何故こんなことができる？　と驚くことを簡単にしてしまう。

知れば知るほど意外性が出てきて、一緒にいて飽きることがない。

「今晩、なぁに？」

種を蒔《ま》ききると、渉はそれまでの真剣な表情をへらりと緩ませ、夕飯のメニューを訊ねてくる。

さっきまでの張り詰めた硬さが消えた渉の笑顔は、花の蕾が開いたみたいに周りを明るくする。

霧谷はまぶしいものを見るように、目を細めて渉を見つめた。

「何がいい？　予定より早く終わった褒美に、何でも好きな物を作ってやるぞ」

「ホントに？　じゃあ、んー……コロッケ？」

面倒だけどいい？　と問いかける眼差しで上目遣いをされては断れない。

ジャガイモにタマネギはあるが、挽肉《ひきにく》はない。パン粉はあっただろうか――。必要な食材があったか考えていると、じっと心配げに返事を待っている渉は、いじましくもいじらしい。

「手伝えよ」

「分かった！」

食べたいものが食べられる喜びに、しっぽがあったらちぎれんばかりに振っているだろう渉が可愛くて、思わず笑みがこぼれそうになった霧谷だが、他の従業員の目があった、と口元を引き締めた。

——が、遅かったようだ。

先に植えてあった奥の苗の水やりを終えた酒井もこちらへやってきて、漏れ聞こえた会話を愉快そうに茶化してくる。

「まるで旦那と嫁の会話だな」

「そりゃもう。キングとその嫁ですからー」

がしっと霧谷の腕を摑んで仲良しアピールをする渉の頭を、邪険に押しのけるが渉はめげない。

「あの会話だと、おまえの方が旦那じゃねえか？」

「俺がキング？　やったね！」

ガッツポーズを取る無邪気な渉の後ろ頭を、酒井は調子に乗るなと一発叩《はた》く。

「あんまり調子に乗ってわがまま言って、園長に迷惑かけんじゃないぞ。居候」

「俺、ちゃんと役に立ってるよね？　霧谷」

「洗い物をする分、猫よりは役に立っている」

「比較対象が猫って辺りが……」

トホホ過ぎでしょと肩を落とすが、実際のところ渉は家事でも少しは役に立つようになっていた。

一つのことだけに集中をさせれば失敗はないので、洗い物は普通にできるし、ジャガイモの皮むきなどは霧谷より上手なくらいだ。

今では、二人で台所に立つのが日常になっている。

突然始まった同居だったが、このままずっとこの生活が続けばいいと思ってしまうほど、渉は霧谷の生活に溶け込んでいた。

渉の方はどう思っているのかと見つめれば、渉は何？　とばかりに首をかしげて丸い目で見返してくる。

その仕草は、餌と寝床を提供すれば居着く猫と大差ない。

けれど、渉は猫じゃない。

それに、このパーク内で暮らしていたのに、いつの間にかいなくなった猫もいる。

ふらりとやってきて、いつの間にか消えている——。

不意に、渉がとても不確かな存在に思えて、ひやりとしたものが触れたみたいに身体がすくんだ。

夕飯に必要な買い物を話し合いながら二人で後片付けをしていると、渉の携帯電話が鳴った。

「もしもーし。お久しぶり——え？　あれ？　何で……何であんたが、ユージさんの電話で……ちょっ、俺の友達にまで迷惑かけないでよ！」

珍しく声を荒らげる渉に、不審げな眼差しを向けてしまう。

それに気付いた渉は、何でもないというふうに微笑んだつもりのようだが、完全に顔が引きつっていた。

何の電話か気になったが、渉は霧谷に背を向け、険しい口調で通話を続けながらビニールハウスの奥へと遠ざかる。

どうやら着信拒否をしている相手が、渉の友達の電話を借りてかけてきたようだ。きれいさっぱり忘れていたが、渉は家にまで押しかけてくる何者かから逃げたくて、霧谷の家に転がり込んできたのだ。

その相手が渉に接触を図ってきたのだとしたら、渉はここからも逃げだそうとするかもしれない。

——渉がここからいなくなる。

ついさっき感じた不確かな不安が、急に実態を持ってのしかかってきたかのように肩が重くなる。

じっとしていられなくなった霧谷は、さりげなくビニールハウスを出て小走りに渉のいる辺りへ回り込み、木の陰に隠れてビニール越しに聞き耳を立てる。

「……コウセイも終わったって言われても……ええ……じゃあ、駅の向かいにある喫茶店で。もうホントに、他の人を巻き込むのやめてよね？」

『更生も終わった』というのは、もしかして刑期を終えて刑務所から出てきたということだろうか。

そいつが『家に来て欲しくない』と渉が言っていた人物だとしたら——なにやら一気にきな臭さを帯びた話に、口の中が乾いて息苦しさすら感じる。

最初に話を聞いたときはあまり深く考えず、相手に会わずにいればすむ程度の問題としか思っていなかったが、渉の声の調子からして事態はもっと深刻そうだ。

何やら怪しげな電話の相手と対峙《たいじ》するらしい場所は分かったので、霧谷は渉に盗み聞きがバレないよう、また急いでビニールハウスの入り口へ戻った。

これを取りに外へ出たみたいな顔をして、必要のないバケツをビニールハウス内へ運び込むと、電話を終えた渉が駆け寄ってきた。

「霧谷！　ごめん。作るの手伝えないから、コロッケは明日にしてもらっていい？」

「構わないぞ。仕事の電話か？」

「うん。これからちょっと、打ち合わせしなきゃならなくなって……出かけてくる」

急でごめんねー、なんていつもと変わらぬ口調だが、渉の顔色は冴《さ》えない。

やはり、ただの仕事相手との電話とは思えない。

心配をかけまいとしているのかもしれないが、隠し事をされたことが自分でも意外なほどにショックだった。

なんともいえない胸騒ぎを感じた霧谷は、渉の後をつけてみることにした。

待ち合わせの相手はすでに来ていたようで、店に着いた渉はまっすぐ奥へと進む。

夕暮れ前の喫茶店は、適度な混み具合だ。店の窓から渉の座る位置を確認して、霧谷も入店した。

相手の男が出入り口が見える位置に座って渉を待っていたおかげで、渉は入り口に背を向けて座っている。

気付かれずに会話が聞こえるよう、霧谷は彼らの斜め横のテーブルを選んで座った。

オーダーを取りに来た店員にメニューも見ずにコーヒーを注文し、後は二人の会話に耳をそばだてる。

渉が対峙した男は、座っていても威圧感を覚えるほど大柄だった。

スーツを着ているが厳つい顔にサングラスをかけ、どこか周囲を窺っているかのように挙動不審で、堅気《かたぎ》には見えない。

刑務所帰りという想像も、あながち間違ってはいなかったようだ。

その彼が、俯き気味にだがテーブルに身を乗り出して渉に迫る。だが渉は、憮然《ぶぜん》とした顔で腕組みをしたまま動じる様子はない。

「このままじゃ、本当にまずいことになりますよ。渉さんが折れるしか方法はないんですから――」

「俺じゃなくても……誰か、似てる他の奴に頼んでって言ってるじゃない」

「似てるだけじゃ駄目なんです。先生は、完成させるにはあなたの色気がどうしても不可欠だ、とおっしゃってるんですから」

何の話だか分からないが、渉には食い気はあっても色気なんぞは皆無だ。先生とやらは、渉のどこに色気を感じたのやら。

それより何より、渉の色気が必要とはどういう意味か。そのことが気にかかって、前のめりに身を乗り出して聞き耳を立てる。

「このまま逃げていたんじゃ、上の人も黙っていませんよ。最悪、干されることにもなりかねません。先生もそれを心配して――」

「俺が心配？　妙《たえ》さんを殺しておいて、よく言うよ！」

「殺し」という言葉にドクンと心臓が一つ早鐘を打ち、すっと背筋が寒くなる。

彼の見た目はまるきりヤクザだが、それでも芸術関係の業界人かもと思っていたのに。それを否定する物騒な言葉に、速まる心臓を鎮めようと大きく息を吐く。

もしも渉に危険が及びそうなら、何とかしなければ。

緊張に身を硬くしながらも、霧谷は心を落ち着けて冷静に二人の会話に全神経を傾ける。

「あんなことされて、俺がこのまま先生の仕事を続けると思ったわけ？」

「それは……彼女のことは本当に残念でしたけど、仕方がなかったんです」

「仕方がない、で止めなかったの？　俺が妙さんのこと好きだって、知ってたくせに！」

渉が涙声で苦しげに吐き出した言葉が、霧谷の胸に突き刺さった。

渉には好きな女性がいて、その人が殺された――。

そして今、その殺した相手から脅迫を受けているのか？　そんな非現実的な話、にわかには信じがたい。

何かの芝居か、自分がつけてきたのに気付いて悪ふざけをしかけてきたのかとも思ったが、そういうわけではなさそうだ。

渉の方がテーブルに身を乗り出すと、相手の男は俯いて身を引く。

後ろ姿なので渉の表情はうかがい知れないが、あの大男が引くくらいだからよほどの剣幕なのだろう。

「無理なものは無理です！　先に約束を破ったのはそっちだから、そっちで何とかして」

立ち上がった渉は怒気を含んだ眼差しで相手を睨み付け、話は終わりだというふうに自分のお茶代をテーブルの上に叩き付け、足早に出口へ向かう。

見付からないよう、とっさに横を向いて顔を隠したが、渉は脇目《わきめ》も振らずに霧谷の横を通り過ぎた。

「あっ、待ってください。話はまだ——」

サングラスの男も渉を追おうとしたが、せこいのか几帳面なのか、渉がテーブルに散らかした小銭を大きな手でちまちまと集め出す。

その隙に、霧谷も素早く会計をすませて店を出た。

雑踏の中に、渉の姿はすでに見当たらなかったが向かう先は分かっている。

霧谷は、自宅の方向に小走りで進む。

駅前商店街の外れまで来ると、いくつかの遊具が設置された小さな広場がある。

渉はその広場のベンチに腰を下ろし、空を見上げていた。

空の青さに何を見ているのか。もしかしたら、涙がこぼれないように上を向いているのか。

さっきの二人の会話が、涙声だった渉の言葉が頭の中にこだまする。

——渉には妙さんという好きな女性がいて、その人は何者かに殺された。

力なくベンチに腰掛ける渉の姿は、いつもの賑やかさからほど遠く、儚げですらある。

やがて何かを諦めたみたいに俯き、小さくため息をこぼす。その揺れる細い肩を抱き寄せ、柔らかそうな髪に口付けたくなる。

「……これは、確かに」

妖艶《ようえん》な美女に感じるのとは別の、触れれば壊れてしまいそうなのに触れたくなる、危うげな色気を感じた。

もしかしたら渉は先生とやらの愛人で、先生は嫉妬《しっと》から渉の心を奪った女性を殺し、それで渉は彼の元を逃げ出したのでは——。

「二時間サスペンスでもあるまいし、それはないか」

思わず口に出して自分の馬鹿げた妄想を打ち消してみたけれど、現実として渉は怪しげなヤクザ風の男に追われて、脅迫までされている。

——自分が渉を守らなければ。

厄介ごとを背負った相手なんて、家から追い出さないと巻き添えを食らう。以前までの自分ならそう思っただろう。

けれども渉は、追い出すよりも守りたい。

初めて会った日に「ここにいさせてほしい」と頼んできた渉の眼差しはどこか寂しげで、ここにいればご飯がもらえると疑いもしない猫に見つめられた時のように、逆らえなかった。

霧谷は元々、手のかかるものが好きだ。そして、自分が手間暇をかけた分だけ愛着が湧いて、手放せなくなる。

だからであって、他意はない。

そのはずなのに、それだけではない気持ちが心の奥に隠れている気がして、胸が重苦しい。

「……何だろうな、これは……」

自分自身の心が分からない。

ヒントを探るみたいに、霧谷はベンチに座る渉を見つめる。

その視線に気付いたかのように、渉がこちらを向いた。

「霧谷！　買い物？」

後を付けたのがバレたかと一瞬ひやりとしたが、渉は霧谷が商店街に買い物に来たと思ったようで、陽気に手を振ってきた。

それに調子を合わせ、偶然通りかかったふりで渉に歩み寄る。

「ああ。おまえはこんなところで何をしてたんだ？　打ち合わせはもうすんだのか？」

「んー、まあね」

いつもと違う歯切れの悪い返事をして、渉は決まり悪げに空を見上げ、霧谷の方を見ない。

その目が少し赤いようで、霧谷は自分の目の奥がじんと熱くなるのを感じた。

渉が悲しんでいるときに、何もできない自分がもどかしい。

ただ隣に立って、一緒に空を見上げる。

「……空を見ながら考え事か？」

「空の青色って好きなんだ」

「そういえば、ヘブンリーブルーが好きだと言っていたな」

「初めてヘブンリーブルーの群生の写真を見たとき、青空が落ちてきたみたいにきれいだと思ったんだ。……お菓子の家みたいに、ヘブンリーブルーでできた家があったら、きれいだろうね」

涉は空から霧谷へと視線を移して微笑んだけれど、どこか夢見るようなぼんやりとした眼差しで、ちゃんと自分を見てくれているのかと不安になる。

奇妙な発言はいつものこと。けれど、その表情はいつもと違って頼りなげで――「ここにいさせて」と頼んできた時の渉を思い出させた。

早く渉を家に連れて帰って、安心させてやりたい。

「用がすんだんなら、一緒に帰るか？」

「うん！　あ、霧谷の買い物は？」

「そうだった。一緒に買い物をしてから帰ろう。何が食べたい？　今からでもコロッケを作るか？」

「いいの？　やった！」

霧谷の提案に、やっと満面の笑みを浮かべる渉を見て、その笑顔を守りたいと強く思った。


渉は今日も元気いっぱいで、あの日の儚げな様子が嘘のように明るい。

六月も半ばになると日差しは朝からでも強くなり、世界を白っぽく輝かせている。

そのまぶしい光を浴びながら、渉は茶虎猫を相手に屈託なく笑っていた。

「だーからっ、ごめんって！　ほらっ、これでおあいこだろ！」

「……何をやっている」

朝の水まきをしてくれるという渉に庭を任せ、霧谷は朝食の準備をしていた。

だが、食事ができたと呼びに来てみれば、渉は自分が持ったホースの水を頭から被《かぶ》ってずぶ濡《ぬ》れになっていた。

「チャトラに水をかけて怒らせちゃったんだ。でもさ、台の下にいるって知らなかったんだよ。わざとじゃないって言ってるのに、聞いてくれなくて」

盆栽棚の下でくつろいでいた茶虎猫に気付かず水をかけてしまい、濡れた茶虎猫を拭くために抱っこしようとして引っかかれたらしい。

渉の手の甲には、赤いひっかき傷が何本か走っている。

それで茶虎猫はどこへ行ったのかと思ったら、ちゃっかり家に上がり込み、縁側で濡れた身体をせっせと舐めていた。

渉に比べれば大して濡れていないようだが、気になるらしい。

「おまえもさっさと上がって身体を拭け。また風邪を引くぞ」

「はーい」

渉は濡れたTシャツを脱いだが、中のタンクトップにまで水がしみこんでいた。

「うわ、べっちゃべちゃ」

肌に張り付く布に、渉は不快そうな顔をしたが、霧谷はそれに視線が釘付けになる。ぺたんこの胸に、小さな突起が透けて見えて妙にエロチックだ。

ただそれだけなのだが、余計な膨らみがない分そこに視線が集中してしまう。

霧谷の視線に気付かぬ渉は、タンクトップも脱いで脱衣所へ向かった。

着替えた渉と朝食をとって縁側へ戻ると、まだ毛繕いを続けていた茶虎猫の身体を、サバ猫もお手伝いとばかりに寄り添って耳の後ろを舐めていた。

霧谷は猫たちの邪魔をしないよう少し距離を取って縁側に座り、新聞紙の上に今度植える花の種を広げて、カビや傷みのある種を選別して廃棄していく。

渉もすぐ隣に座り、霧谷に倣《なら》って種をより分け始める。

「チャトラはいいなー、サバとイチャイチャできて。俺はなんでサバに仲良くしてもらえないんだろう」

「そういう態度がうっとうしいんじゃないか？」

「うわぁ、心臓えぐるなぁ。猫って、もっとこう、膝とかに乗ってくる生き物だと思ってたけど、そうでもないんだね」

よっぽどサバ猫と仲良くしたいのか、心底うらやましそうに茶虎猫を見つめる渉が、なんだか少し気の毒になる。

「おまえが俺の膝に乗ってみるか？」

「なるほど。よっ、と」

「お、おい！」

ほんの冗談のつもりだったのに、何のためらいもなくあぐらをかいた膝の上に座られた。

さらにその至近距離で振り返り、渉は霧谷の髪をわしゃわしゃと撫でてくる。

「ふむ。霧谷は髪さらさらだけど、もふもふとは違うよなぁ……そうか！　俺ももふもふじゃないからサバはイチャイチャしてくれないのかも！　俺ももふもふになってサバに愛されたーいっ」

自分の少し茶色がかった柔らかい髪をぶんぶん振って、渉はもっともふもふした髪だったらよかったのに、なんてよく意味の分からないぼやきをこぼす。

頬にあたる渉の髪は、もふもふではないが十分に柔らかくて、心地いい。

思わず髪に頬ずりしたい衝動を覚えた霧谷は、それを吹っ切るべくわざと素っ気なく渉の頭に手を置いて動きを止める。

「……人の膝の上で暴れるな」

「ん？　ああ、尾てい骨刺さった？」

ごめんごめん、と膝の上からのく重さと温もりが名残惜《なごり》しい。

好きな人を亡くした寂しさを、見せないだけで心の奥に抱えているのだとしたら、少しでも癒やしてやりたい。

そんなふうに思っても、具体的にどうしてやればいいのかは思いつかない。

「別に……サバを抱っこできなくて寂しいなら、俺がおまえを抱っこしてやっても……構わないぞ」

もそもそと口の中で呟いた言葉は、渉には聞こえなかったらしい。

もどかしい気持ちを抱えたまま、霧谷は種の選別に戻った渉の横顔をそっと盗み見ることしかできなかった。


赤いジャケットの胸元にかかる、焦げ茶色の髪をかき上げる佐藤愛莉《さとうあいり》を見て、髪がうっとうしいのならひとまとめに束ねればいいのに、と霧谷は多少イラついた気分になる。

パークが休みの今日は、花の世話がすんだら渉と二人で園芸店へ行こうと決めていたのに、予期せぬ来客に時間を取られては不機嫌になるのも仕方がないだろう。

「あなたがこんなところに来るとは珍しい」

「このところ、ずっとご連絡をいただけないし、お越しになるはずだった先週のチャリティーコンサートにもいらっしゃらなかったでしょ。お姉様もお兄様も、もちろん私も、心配してたのよ？」

主催者である姉の桃子《ももこ》には、パークの改装で忙しいから行けないと断りを入れた。見目のいい弟を、客寄せに使いたがる世間体優先の桃子には『弟は地域の憩いの場をよりよくしようと尽力中で忙しい』とアピールすればいいと説得して了承させた。

愛莉が勝手にやきもきしていただけだろう。

上目遣いをしてくる付けまつげに縁取られた目元や、ぷっくりとした肉感的な赤い唇を美しいとは思うが、造花を見ている気分になる。

わざわざ訪ねてきたものを追い返すわけにもいかないので座敷には上げたが、彼女の存在はこの家にそぐわない。

「最近、パークが盛況で忙しくてね。手伝ってもらえるなら助かるが」

ネイルアートが施された美しい指先は土いじりにはまるで向かないと、分かっていながら水を向ければ、彼女はきれいに整えた眉をひそめる。

「あ……駄目よ。だってほら、私ってサボテンでも枯らしちゃうほど園芸のセンスがないんだもの。お忙しいなら、従業員を増やされたら——きゃっ！」

突然、愛莉は正座したまま軽く飛び上がった。

何に驚いたのかと彼女の視線の先を見ると——。

「なんだ。おまえか」

愛莉のタイトな黒のスカートに包まれたお尻に、白黒猫が身体を擦り付けていた。

背後からいきなり来られると、確かに驚く。でも猫だと分かれば、なんということはないはず。

だが彼女は動物が好きではないらしく、あからさまに嫌そうに白黒猫から逃げようと霧谷にすがりつく。

「え？　ちょっと、やだ！」

「猫程度に大げさな」

「あっ、シロクロ！　駄目だよ、おいで！」

愛莉にお茶を運んできた渉が、猫を嫌がる愛莉を見て、お盆を座卓に置いて白黒猫を捕まえようとする。

けれど白黒猫は「ナァ」と一声返事だけして、知らない相手に自分の匂いを擦り付けるのに余念がない。

白黒猫のテリトリー内に入った者は、白黒猫の匂いを付けられて当然。

悠然と構える霧谷と違って、渉は必死にやめさせようとする。だが白黒猫は、渉の腕をのらりくらりとすり抜けて上手に逃げる。

「やっ、ちょっと！　早く捕まえてよ！」

「ごめんなさい！　ほら、お客さんが嫌がってるだろ。おいでったら、シロクロ！」

世話をしてもいいと思うほどには猫好きの霧谷にとって、猫を嫌う愛莉より、猫を捕まえようと必死になっている渉の方が好ましく感じる。

微笑ましい気持ちで渉を見つめていると、その表情に気付いた愛莉は、渉に鋭い視線を向けた。

「え？　何なの？　この子、まさか、蒼真さんの子供？」

「はい？」

予想外の発言に、渉も霧谷も一瞬固まったが、霧谷は即座に考えを巡らせて渉の腕を摑《つか》んで引き寄せた。

「ああ。俺の子だが、それがどうした？」

「はぁ？　ちょっ、きり――んぶっ」

「また猫と遊んでいたのか？　おまえは大事な跡取り息子なんだから、遊んでばかりいないで勉強をしなさい」

まるきり子煩悩なパパのセリフを言いながらぎゅっと抱きしめると、渉は目をぱちくりさせる。

突然のことに話の流れが見えない渉は、ただ口をぱくぱくするだけで、言葉が出ないようだ。

愛莉も混乱してはいたが持ち直したのか、霧谷を問い詰めてくる。

「あ、跡取りって……蒼真さんは、ご結婚されてないでしょ？」

「結婚なんぞしなくても、子供は作れる。俺の財産は、すべてこの子に継がせるつもりだ」

「そんな！　……でも……そんなぁ……」

よほどショックだったのか、ぺたりと畳に座り込む。

憔悴《しょうすい》した様子に泣き出すかと思ったが、愛莉はきっと顔を上げると立ち上がった。

「蒼真さんはお子さんの世話でお忙しいようですから、失礼しますわ！」

ばんっと勢いよくふすまを開け、そのままの勢いで座敷を出て行く。

「さようなら」

霧谷は彼女の後ろ姿に、にこやかに別れを告げた。

お目当ての財産が自分のものにならないと知れば、即座に霧谷を切り捨てる。こういう強《したた》かさは嫌いではない。

あの調子なら、すぐにでも次のターゲット――彼女を幸せにしてくれそうなお金持ちを捕まえることだろう。

振るより振られた方が、後腐れがなくていい。いい別れ方ができたと満足げな霧谷と違って、渉はおろおろと霧谷と愛莉が去った玄関の方へと視線を行き来させていた。

「あの、霧谷？　あの人、冗談を真に受けちゃってたよ？」

早く追いかけて誤解を解かないと、なんてせかされても、わざと誤解をさせたのだからそれでいい。

「さっさと帰ってほしかったんで、ちょうどいい」

「でも、あの人、霧谷の彼女でしょ?」

「いや。ただの知り合いだ」

「いくら俺が鈍くても、その程度は分かるよ。彼女だよね?」

霧谷の腕をふりほどいて向き合ってくる渉の表情は、どこかすねているみたいに見えて、焼きもちを焼かれているようで嬉しい。

「まあ、そういう付き合いはしていたが、恋人ではない」

「それって……霧谷はそうでも、彼女の方は本気っぽかったよ? かわいそうじゃない」

一般論として、本気の女性を弄《もてあそ》んだと思われれば非難されるのは納得できる。なのに、渉に愛莉の肩を持たれると、むっとする。

「俺は結婚する気はないと公言している」

それでもいいと言い寄ってくる相手は、それはセックスだけのセフレの関係で構わないということだろうと説明する霧谷に、渉は思いきり顔をしかめた。

「えーっ、何それ!」

大人の付き合いってばただれてる、と自分だって成人しているくせに子供っぽいことを口にする渉は、見た目だけでなく中身も子供っぽい。

そこが、愛莉よりずっと可愛い。

心の中で密かににやける霧谷に気付かず、渉はさっきの騒動を思い起こしてかため息を吐く。

「でも、彼女ってばおっちょこちょいだよね。俺が霧谷の子供だなんてさ。俺ってば、いったい幾つに見えるわけ？」

「俺は最初おまえを十八歳くらいだと思ったが……十五歳くらいでも通じるな」

「それにしたって、霧谷が十一歳の時の子って、むちゃくちゃなことになるじゃない！」

「その程度の計算もできない頭なんだろう」

いいのは見た目だけ。セックスの相手には、それで十分。

しかし渉は、愛莉の方に同情的で、人でなしを見る目を向けてくる。

これは何とかして挽回《ばんかい》しなくてはと、霧谷は頭を働かせた。

「もしも結婚したいほど好きな相手に子供がいて、その子と鉢合わせしたら、まずどうする？」

「びっくりする」

「……そうだな。で？　それから？」

「とりあえず自己紹介してー、気に入ってもらえるように優しくする」

「そうだろう。家族になるかもしれない相手とは上手くやりたいと思うものだが、あの女の態度はどうだった？」

「……好きな人の家族に対する態度じゃなかったね。でも、びっくりして、つい混乱しちゃったとか、あるじゃない？」

「やけに彼女の肩を持つな」

「だって、あんなきれいな人……もったいないっていうか、何ていうか……」

「もったいない……か？」

実家が金持ちなのも顔がいいのも、生まれ持ったもので自分の努力の結果ではない。そんなものを評価されて擦り寄られたところで、霧谷にとっては嬉しくもなんともなかった。

いつかは理想の人が現れるかもしれないと、来るもの拒まずで付き合ってみたが、みんな中身は似たり寄ったり。

花は花束になった状態で欲しい。土いじりなんてもってのほか――そんな女性ばかりだった。

さっきの愛莉も御多分に洩《も》れずで、ただの遊び相手にしかなり得なかった。

このところ、したいという欲求も湧かないので会わなくなったので、このまま別れても惜しいと思わない。

何でも欲しいと思う前にすでに手にしていた霧谷が、初めて求めた『そこにない物』は、花だった。

花の栽培はマニュアル通りに進めても、予定調和とはいかない。だが手をかけた甲斐《かい》があったと思えるほど見事な花を咲かせてくれたときの喜びは、これまでに感じたこともない達成感と快感を与えてくれた。

セックスも好きだが、花の世話の方が霧谷の心を満たしてくれる。

だから、自分にはフラワーパークさえあれば十分だと思っていた。それ以外、他の人にも物にも、興味などない――はずだった。

なのに、渉のことはなんでも知りたくなる。

「おまえは……ああいうタイプが好みなのか？」

渉が好きだったという「妙さん」とは、どんな女性だったのか。もう亡くなった人とはいえ気になり、それらしい話へ持っていこうと誘導してみる。

「うーん。彼女のこときれいとは思ったけど……霧谷の方がきれいだよ」

「何故そこで俺が引き合いに出る」

「俺、化粧の濃い人は苦手だから、霧谷の方がいいって思っちゃうんだよね。だけど彼女も、霧谷と並んでも引けを取らないくらいきれいだったよ？　俺のせいで破局しちゃったなんて……何か申し訳ないな」

お似合いだったのに、なんてため息を吐かれると、なんだか胸がもやもやする。

あんな女と似合いと言われても嬉しくもなんともない。化粧の濃い女は、自分だって好きじゃない。

好きなタイプは、化粧や香水の匂いより日だまりの匂いがして、飾りのない指先は器用で、自分と一緒に花の世話を楽しんでくれる相手――。

そこまで思って、霧谷はじっと渉を見つめる。

「それなら、おまえが代わりに相手になってくれるか？」

「相手、って……？」

首をかしげて大きな目で見つめながら問いかけてくる、その唇にじっと視線を注げば、さすがに意味が通じたようだ。

「え？　あ、相手って……それはっ」

「もしかして、ファーストキスもまだか？」

「なっ、そ、そんなわけないりゃろっ――くっ」

思いっきり語尾を嚙んでしまい、耳まで赤くする渉が可愛くて噴き出してしまう。

悔しげに唇を嚙んだ渉は、意を決したみたいな目で睨み付けてくる。

さすがに怒ったのかと笑顔を消したその途端、渉は霧谷の胸ぐらを摑んでぶつかるみたいに唇を押しつけてきた。

ほんの一瞬、だけど物理的にも心理的にもまるで殴られたみたいに衝撃的なキスに、霧谷は呆然《ぼうぜん》と立ち尽くす。

「キスくらい、できるし！」

きっ、と見上げてくる眼差しに、強がる唇。羞恥《しゅうち》のせいか泣き出しそうに潤んだ瞳に目が釘付けになる。

「渉……」

「え？　霧谷？」

頬に手を添えて上向かすと、微《かす》かに首をかしげて見つめてくる。

幼い動作が可愛くて、愛《いと》おしくて。霧谷は、さっきは触れただけだった唇に、強く唇を押し当てた。

「んっ、んぅ？　んんーっ、んうっ？」

胸に手を当てて押し戻そうとしてくるのを、腕ごと抱きしめて動きを封じる。

口紅の滑《ぬめ》りも、化粧の匂いも感じないキスなんて、初めてかもしれない。

新鮮な感覚にもっと浸りたくて、戸惑いに僅かに開いた唇から舌をねじ込めば、渉はいやいやと首を振る。

だが顎を摑んで逃がさず、奥に引っ込もうとする舌を追いかけ、絡めて、柔らかな口内を蹂躙《じゅうりん》した。

「ふ……ぁ？」

たっぷりと味わってから唇を解放してやったが、ほとんど放心状態の渉は、霧谷のシャツをぎゅっと摑んでやっと立っている状態だった。

腰を抱き寄せて支え、唇の端を伝う唾液《だえき》を親指でぬぐえば、ようやく意識が覚醒したようだ。

「なっ、ななな、何？　何？　今の？」

目を見開いて霧谷の胸を押す渉から手を離してやったら、廊下まで走り出て開けっ放しだったふすまの陰に隠れる。

その勢いは、座布団に座っていた白黒猫が、驚いて机の下に潜り込んだほどだ。

その色気もくそもない必死な様がおかしくて、身体をくの字に曲げて声を出して笑う。

「おまえ……完璧に童貞だな」

「か、完璧にって、どーいう意味？」

「商売女とも経験がない、まるっきりの童貞って意味だ」

それなら、渉の色気を気に入っているという『先生』とは、どんな関係なのか。

訊いてみたいが、問いただすには立ち聞きしていたことを話さなければならなくなるので考えものだ。

とにかく渉が誰かの愛人という説が消え、胸のつかえが取れたみたいに心が晴れ晴れとして気分がよかった。

「そ、んなことっ、霧谷には関係ないだろ！」

『童貞』『童貞』と連呼されても否定できない渉は、ふすまに張り付いたまま睨んでくる。

そんな顔をしても可愛い渉を、放ってはおけない。

赤の他人で、ただの押しかけ居候。だが――。

「おまえは俺の『嫁』だろ？　キスくらいでそんなに怒るな」

「こんなときだけ『嫁』扱いとか！」

「自分からしかけてきたくせに」

「うーぅ……」

ぐうの音も出ない正論に、反撃できない渉は猫みたいに喉の奥で唸《うな》る。

大きな目を見開いて威嚇《いかく》されても、まったく怖くない。むしろ可愛さが増す。

「分かった分かった。童貞をからかった俺が悪かった」

「上から目線の謝罪って、むかつくだけなんですけど！　――ん？」

不意に足元を見た渉に、つられて下を向くと、渉の足元に茶虎猫が身体をすり寄せ、少し短めのしっぽでぴしりぴしりと渉の足を叩いていた。

「チャトラ……慰めてくれてるの？」

「むしろ、うるさいから黙れと抗議してるんじゃないか？」

霧谷が正解だったようで、渉が大声を出すのをやめると、茶虎猫はすいっと二人の間を通り抜けて床の間に上がり、花瓶の横にどべっと寝そべった。

「……俺が悪いんじゃないのに、なんで俺が叩かれたわけ？　ねぇ、ちょっとチャトラ？」

渉の関心は、すっかり猫の方に移ってしまった。床の間の前にしゃがみ込み、茶虎猫の首の周りを指でかりかり撫でながら話し込み始める。

「渉」

「……何？」

まだ怒ってるんだから、と言わんばかりに振り向きもせず不機嫌な声で返事をするのも、可愛くて仕方がない。

笑いを堪えて、いつもどおりに質問する。

「夕飯はハンバーグだが、煮込みか和風か、どっちがいい？」

「う……和風は、おろしポン酢？」

「刻み大葉も付けてやるぞ？」

「じゃあ、和風！」

瞳を輝かせて振り返る、猫と食べ物で簡単に懐柔できる渉のお手軽さを、単純馬鹿とみるか根に持たない前向きな性格とみるか、判断に迷う。

とりあえず、付け合わせはレンコンとカボチャのソテーにしようなんて考えながら、霧谷は台所へ向かった。


最近、渉《わたる》から何となく距離を取られている感じがする。

避けられているというより、実際に距離を開けられるのだ。

近付いたらまたキスされるのでは、と警戒しているのだろう。

ファーストキスを男としてしまったなんて、気まずいのは分かるが、霧谷《きりや》だって男とキスをしたのは初めてだった。

ファーストキスの相手くらいは覚えているが、どんなものだったかまでは覚えていない。中学生のときに告白されて、断る理由も思いつかずに付き合った同級生の女子。当時人気だったアイドル風の髪型に、淡いピンク色のリップで唇をてからせていた。

何度目かのデートの別れ際に、せがまれてキスをした。

あれがファーストキスだったはずだが、彼女について特に他の思い出はない。

その後も付き合った女性たちと交わしたキスと、あのときのキスは大差なかった気がする。なのに渉とのキスは、何度思い返しても身体《からだ》の芯《しん》が熱くなるくらいに、心の奥の深い部分に根付いていた。

何故《なぜ》こんなにも忘れがたいのか。

もう一度して確かめてみたいけれど、キスはしたいからさせてくれと簡単に言えるものでもない。ましてや男同士だ。

互いに微妙な空気をまとい、心身共にふれあいのないまま味気なく過ごしていた。

そんな鬱屈《うっくつ》とした気分を、さらに募らせる出来事が起きた。

霧谷が実家へ帰ることはまれだが、この家に親族が訪ねてくるのはもっとまれだ。

「俺がこの家に来たのは、何年ぶりになるかな」

感慨深げに目を細める兄の朱里《しゅり》に、霧谷も過去の記憶を呼び起こす。

「最後にいらしたのは祖父の四十九日でしたから、四年前ですね」

納骨を済ませてからの回忌は寺で行っていたので、それ以降は親族は誰もこの家を訪ねていない。

そんなに経《た》つのか、と朱里は仏壇横の壁に掛けられた祖父の緑郎《ろくろう》の遺影を見上げる。

兄の朱里と霧谷は、昔はよく似ていると言われた。

だが、成長期に入って朱里はぐっと男らしい体格になったのに、霧谷はひょろりとしたまま。体格に差が付くと顔立ちも変わるのか、その頃からあまり似ていると言われなくなった。

朱里はオーダーメイドのスーツを着こなし、きっちりと整えられた髪型には一分の隙《すき》もない。どこから見ても瑕疵《かし》のない、完璧《かんぺき》な紳士だ。

それに対して霧谷は、家では祖父のタンスにある着物を適当に拝借。出かける際にはシャツにスラックス。仕事は作業着、と服装に関してまったく頓着していない。

久しぶりに対峙《たいじ》して、やはり兄と自分は共通点が少なそうだと認識を新たにする。

『近くまで来たから、祖父母の仏前に線香を供えたい』と言われれば家にあげるしかなかったが、本当の目的は何なのか。

朱里とは子供の頃から仲が悪いわけではないけれど、よくもない。六歳年が離れているせいもあるが、性格も違うし共通点がないので話題がないのだ。桃子《ももこ》という八歳上の姉もいるが、彼女とはさらに接点がない。

仏前に参ってもまだ帰ろうとしない朱里を、霧谷は注意深く窺《うかが》う。

朱里は両親の近況やありきたりな世間話をして、自分に擦り寄る白黒猫を指でからかったりするばかりで、なかなか本題を切り出さない。

「お忙しい身がわざわざお越しとは、何か理由があるんですよね？」

単刀直入に切り出せば、ようやく朱里も本題を口にする。

「この家に、おまえの隠し子だか祖父の隠し子だかを名乗る男が入り込んでいるそうじゃないか」

「祖父の……？」

自分の隠し子という話の出所は愛莉《あいり》だろうが、祖父の隠し子とはどういうことか。

眉をひそめて思案する霧谷に、朱里は話の出所を明かす。

「ご近所で噂《うわさ》になっているぞ。祖父が昔、ここに愛人を住まわせていたとかで、その息子が戻ってきたとな」

この家に住み着いた男といえば、渉のことだろう。しかし彼が祖父の愛人の子とは、どういうことか。

昔のことを思い返せば、一人の女性のことが脳裏に浮かぶ。

「愛人？　それは……もしかして、彼女か」

「知っているのか？」

祖父の緑郎は、偏屈だが愛妻家だった。

五十五歳のときに最愛の妻を亡くしてすっかり気落ちし、趣味だった花の栽培にのめり込むようになった。

社長の座を息子に譲って名ばかりの会長となり、それまで忙しさに人任せになっていたフラワーパークの仕事に専念しだした。

本社近くのマンションも引き払い、住居もこちらへ移したが、人付き合いの煩《わずら》わしさを嫌って、身内でもこの家へは入れたがらなかった。

だが、自分と同じ植物好きの孫の蒼真《そうま》だけは特別だったらしく、よく泊めてくれた。

そもそも、霧谷の兄姉だけでなく、他の孫たちも古ぼけて使用人もいない不便なこの家に来たがらなかったのだが。

そんなわけで祖父はずっと一人で暮らしていたが、霧谷がまだ小学校に上がる前に、一年間ほど女性を住まわせていた。

おそらくは、愛人とは彼女のことだろう。

「何度か会ったことがありますが、彼女はただ料理や花の世話をしていただけの人ですよ」

「だが、その女の息子が祖父の子供を騙《かた》ってここへ――」

「渉は嘘など吐《つ》きません。誤解です」

何故こんな誤解が生じたのか予測が付いた霧谷は、パークにいた渉を電話で呼び戻し、さらに噂の出所であろう裏の山田《やまだ》のおばさんにも来てもらうことにした。

彼女は以前、渉の母親に会ったと言っていた。どうも、そこから間違った噂が広まった気がする。

渉のためにも、この話ははっきりとさせたい。

戻ってきた渉は、何故か自分に鋭い眼差《まなざ》しを向ける朱里に困惑しつつも、頭を下げて挨拶する。

「こんにちは。初めまして、俺は――」

「渉。挨拶はいい。とにかく早く誤解を解きたい問題があるから、協力してくれ。山田さんも、よろしくお願いします」

「あ、はい。お役に立てますなら」

わけも分からず招かれた山田も、何やら緊迫した雰囲気に緊張してか背中を丸めた。

「山田さん。ここで二十年くらい前に一年ほど暮らしていた、女性の名前を覚えていらっしゃいますか?」

「ええ。覚えてますよ。サトミさんでしょ」

「フルネームでお願いします」

「名字の方は……ちょっと覚えてないわぁ。そこの渉ちゃんにお聞きになれば?」

「え？　俺のお母さん、ここに住んでたの？」

突然話を振られ、さらにその内容に驚く渉に、霧谷は落ち着くようにとゆっくり穏やかな口調で問う。

「違うよ、渉。おまえの母親の旧姓を、フルネームで言ってくれ」

「んっと、旧姓だと、大原里美《おおはらさとみ》。大原から野原《のはら》ってあんまり変わらないねーって言ってたから、確かだよ」

それがどうかしたの？　と渉は首をかしげたが、霧谷は納得がいったように頷《うなず》き、山田と向き合った。

「渉の母親は、大原里美。ここにいた女性は、里見麻子《さとみあさこ》です」

「あらっ！　いつも緑郎さんが『サトミさん』って呼んでたからサトミって名前だとばっかり思ってたら、名字だったの！　……そういえば里見宏一《こういち》って俳優もいるわねぇ」

山田は『里見』という名字を名前だと勘違いしていたのだ。

ずいぶん昔のことだが、霧谷は彼女のことを「麻子お姉さん」と呼んで慕っていたのを覚えているから、間違いはない。

きっと霧谷家に出入りする渉に向かって『サトミさんの息子さん？』とでも訊《たず》ねたのだろう。それで『里美』の息子だった渉は『うん』と答えた。

それがそのまま『愛人のサトミの息子が帰ってきた』と噂になって広まった——。

わけを知ってみると、たわいもない誤解だった。

「だけど彼女、顔というか雰囲気が、渉ちゃんと似てたのよ？　お花が好きで、お料理上手《じょうず》なとってもいい子で。出て行くときに大きなお腹《なか》をしていたから、子供ができたんで実家に帰らせたんだろうって、ご近所の人はみんな言ってたんだから」

自分だけが勘違いしていたのではないと言い訳をしてきたが、実際に世間の人たちはみんなして、お金持ちのお家騒動を仕立てて噂話にして、楽しんでいたのだろう。

「……その人、お母さんじゃなかったのか」

せっかく母親の昔の話を聞けるかもとの期待が水の泡となった渉は、しょんぼりと肩を落とす。

その肩を抱きしめられないことにもどかしさを感じながら、霧谷は話を進める。

「ここに住んでいた里見さんは渉の母親でも、祖父の愛人でもありません。愛人を名字で呼ぶ男もいないでしょう？　祖父は宿無しだった彼女を泊めてやる代わりに、家事をしてもらっていただけです」

二十年前、彼氏と喧嘩をして着の身着のままで飛び出した里見は、友人に連絡を取ることもできず途方に暮れ、パーク内の東屋《あずまや》で夜を明かそうとした。それを緑郎が見つけて保護したのだ。

——テリトリー内に落ちているものは、猫でも人でも拾ってしまう。

これは霧谷家の遺伝なのだろうか。

とにかくそんなわけで、実家を飛び出して彼と暮らしていた彼女は実家へも戻れず、何でもするからここに置いてほしい、と緑郎に頼み込んできた。

彼女が栄養士の資格を持っていて料理は得意と聞いた緑郎は、糖尿病を患っている自分に適切な食事を作ることを条件に、置いてやることにした。

そうして里見は一年ほどここで暮らしていたが、結局は元の恋人とよりが戻って出て行った。きっと世話になった緑郎に、子供ができたことを報告に来たところを近所の人が見て、緑郎の子を身ごもったと誤解したのだろう。

「男やもめの家に若い女性が住み込みとくれば、誤解されても仕方がないか……」

根も葉もない噂話に、尾ひれ背びれが付いて世間を賑《にぎ》わすのはよくあること。

あることないこと言われるのに慣れている朱里は、呆《あき》れたような安堵《あんど》したような、複雑な表情でため息を吐いた。

山田が間違った噂の出所ではあったが、誤解を解くのに来てもらったお礼にと、朱里が手土産に持参した有名店の和菓子を渡して帰ってもらった。

霧谷は朱里にもさっさと帰ってほしかったのだが、朱里は改めて渉と向き合う。

「君。渉くんは、年は幾つだ」

「二十三です」

「そうか。それじゃあ、蒼真の隠し子というのもデマだな」

念のため『蒼真の隠し子』疑惑も嘘だと確認し、朱里はとんだ噂話に巻き込んで悪かったと渉に謝罪してくれた。

だが渉は、霧谷の隠し子に関しては、霧谷が悪いと食ってかかる。

「霧谷があんな変な冗談言って女の人を弄《もてあそ》ぶから、こんな誤解を受けるんだよ！　もう女の人を騙《だま》したり、たぶらかしたりしちゃ駄目だからね？」

「そうだな。悪かった」

ちょっとは反省しなよ、と上から目線で説教をしてくる渉に、今回だけは頭が上がらない。それに、このところどこかよそよそしかった渉が、前と同じように自分に詰め寄ってくるのが嬉《うれ》しい。

苦笑しながら謝ると、何故か二人のやりとりを見ていた朱里が笑い出す。

「はははは。蒼真がやり込められてるところなんて、初めて見たよ」

いつも飄々《ひょうひょう》としている弟の、意外な一面が見られておかしかったようだ。ひとしきり笑ってから、朱里は弟と渉を交互に見つめる。

「一人暮らしでは何かと心配だったんだが、君のような従業員が住み込んでくれているなら心強いよ。しかし、蒼真が他人をこの家に入れるとは思わなかったな」

「家事はできないし落ち着きもないで、放っておけなくてね」

「あ、俺は従業員じゃなくて、よ――」

朱里に『嫁』だなどと名乗られては、また話がややこしくなるのは必至。いらないことは言うなと、渉相手に目線で訴えても通じないだろうから、物理的に手で口をふさいで黙らせる。

「まだ非正規か、バイトなのか？　しかし、雇っているなら福利厚生はきちんとしてやるんだぞ、蒼真」

渉を羽交《はが》い締《じ》めにする霧谷と、わけも分からず口をふさがれてもがもがする渉を、微笑《ほほえ》ましい光景のように見る朱里に、霧谷は大きなため息を吐いた。

「ねえ。霧谷んちって、もしかして結構なお金持ちなの？」

「今頃気付いたのか」

朱里を見送った後、渉の口から発せられた今更な質問を、思わず鼻で笑ってしまい睨《にら》まれる。

「だって、お金持ちがこんなぼろ家に住んでるなんて思わないだろ」

「確かにぼろだが、雨漏《あまも》りもしないし、床も腐っていないぞ」

「そこまでいく気？」

雨風がしのげなくなるまで改築するつもりのなかった霧谷だが、珍しく渉に呆れられてそういうものかと少し鼻白む。

しかし渉はこの界隈に住んでいたのに、全国ネットのテレビ番組でもＣＭを流している『霧谷製薬』のことをまったく知らなかったとは驚きだ。

昔、この辺り一帯は、現在の『霧谷製薬』の前身である『霧谷堂』が薬となる薬草を栽培していた畑だった。

霧谷堂は、明治初期に創業した一介の薬屋だったが、堅実な商売で業績を伸ばしていった。自然由来の生薬《しょうやく》の需要は高まり、どんどん生産規模は拡大し、霧谷製薬株式会社へと改称した頃には国内生産では量、コスト共にまかなえなくなった。

そこで、薬草は海外からの輸入へと切り替わった。

そうして広大な畑は住宅地となり、この『霧谷フラワーパーク』は発祥の地に記念碑的な意味合いで作られたのだ。

「だからフラワーパークの経営母体は霧谷製薬で、赤字だろうが何だろうが存続できるんだ」

上層部はむしろ赤字の方が、市民の憩いの場を提供するために出資を惜しまない優良企業、とアピールする材料になると思っているそうだ。

だから、渉が必死になって集客に奔走《ほんそう》しなくても大丈夫だ、と安心させてやるつもりで言ったのに、渉は大きな目をさらに見開いて酷くショックを受けたようだった。

「じゃあ、パークはお客さんが来ようが来まいが、困らないんだ……」

「まあ……経営面では、な」

自分が集客に励んだのは無意味なことだったと思ったのか、足元がぐらついたみたいに身体を震わせた渉の肩を抱き寄せる。

渉が自分の咲かせた花をたくさんの人に見てもらえるようにと努力してくれたことは、霧谷にとって嬉しいことだった。

それまではただ、自分の努力がまさに花開く瞬間が見られる喜びから花を咲かせていただけだった。

けれど、渉のおかげで、その喜びを他の人と分かち合える喜びを知った。

渉のしてくれたことは、無駄ではない。

そう伝えたくて、俯《うつむ》く渉の顎《あご》を軽く持ち上げて視線を合わせる。

「それでも、花を見に来てくれる人が増えるのは嬉しかった。おまえには感謝している」

「……うん。そうだよね。喜んでくれる人が増えるのは嬉しいもんね」

そう言いながらも、今にも降り出しそうな雨雲をまとったみたいな渉の表情は晴れない。

「俺、霧谷の役に立ててると思ったのに……」

「おまえは役に立っている」

「でも……」

「明日は、ひこばえの剪定《せんてい》を手伝ってくれるんじゃなかったのか？」

「手伝うよ！　手伝うから、だから、ここにいさせて」

「ああ。いてくれないと困る」

胸元を摑《つか》んで訴えてくる渉にはっきりそう告げると、渉はようやく雲を払って微笑む。

それでもぬぐいきれない雨気を含む渉の頭を、霧谷はくしゃくしゃと撫《な》でた。


どうも最近、来客が多くて騒がしい。

パーク内の樹木の『ひこばえ』という幹の根元から出る細い枝を剪定中、呼び出しの放送に事務所へ戻ると、入り口に立って霧谷を待っていたのは、以前に渉と会っていたサングラスの男だった。

その姿を見た途端、緊迫感にすっと背筋が伸びる。

あの日に渉の後をつけたのか、渉の友人から聞き出したのか、とにかく居場所を突き止めて乗り込んできたらしい。

ここまで渉に執着するとは、相当な入れ込みようだ。

いつまでも逃げ回っているだけでは、埒《らち》があかない。

渉は今、川沿いの方の剪定に回っているはず。彼に知られずに片を付けられればと、霧谷は意を決して男と向き合う。

「あなたは？」

「突然お邪魔をして申し訳ございません。私、こういうものです」

場合によっては警察への通報も考えて身構える霧谷に向かって、男が内ポケットから取り出したのは、拳銃《けんじゅう》でもナイフでもなく、名刺だった。

「安川高宗《やすかわたかむね》さん……出版社の方、ですか」

予想もしなかった肩書きに驚いて名刺から顔を上げて安川を見ると、彼は俯くを通り越して下を向く。

どうも彼は、人と目を合わせるのが極端に苦手らしい。だからサングラスをかけているのだろう。

後ろ暗いところがあるから人目を気にしているのかと思った挙動不審な態度も、シャイな性格からと分かれば、ヤクザだなんて思い込んで悪かったと感じてしまう。

「……コウセイは、『更生』じゃなくて『校正』……か」

文章の間違いを見直すことを『校正』というのだったと、今になって気付く。あのときは疑心暗鬼でつい物騒な方に考えてしまって思いつかなかった。

「あの？」

「ああ、すみません、独り言です。ところで、今日はどういったご用件で？」

「こちらにいらっしゃる野原渉さんのことで、ご相談に乗っていただきたくて、不作法を承知でお邪魔いたしました」

平身低頭な相手をむげにもできないし、何より渉と彼、そして『先生』の繋《つな》がりも知りたかった霧谷は、事務所の奥の応接室へ安川を通した。

「渉とは、お仕事上のご関係なんですよね？」

「はい。渉さんには、架空時代小説を書かれている刀利栄一《トウリエイイチ》先生の表紙をお願いしているんですが、描いていただけなくて困っているんです」

「架空時代小説？」

「九十九代将軍、徳川和琉則《とくがわわるのり》の時代という設定でして」

物語の舞台は、鎖国を続けて独自の文化を守り続ける日本。

貧乏長屋に住む浪人に身をやつした奉行の息子が、下町の事件を解決する痛快時代劇だそうだ。

人気のシリーズ物で、渉はその表紙と挿絵を担当していた。

なのに、新作の六巻のイラストを渉が描いてくれないので、発行できない状態になっているという。

「今まで、こんなことなかったんですよ。渉さんは連絡もまめで真面目《まじめ》で。それが仕事を放棄して、着信拒否までして逃げ出すなんて。……あのことが、本当に嫌だったんでしょうね」

「あのこと、とは？」

確かに渉は絵を描くのが好きだし、何にでも一所懸命に取り組む。

よほどの事情があるのだろうと思ったが、安川が語ったのは意外な理由だった。

「渉さんのお気に入りの登場人物が殺されるのが、どうしても許せないそうで……」

茶屋の看板娘のお妙《たえ》が悪党に殺されるという展開を聞いた段階で、彼女が死ぬ場面を読みたくない、故《ゆえ》に描けない、と断ってきた。

しかしこの場面は『仏《ほとけ》の銀乃介《ぎんのすけ》』と呼ばれていた主人公が鬼になる、というシリーズの転機となる場面で、どうしても挿絵《さしえ》が必要だと刀利の方も譲らないそうだ。

「殺される……と言っても作中の人物でしょう？」

殺された渉の『好きな女性』が、まさか小説の人物だったとは。

霧谷はどっと脱力感を覚える。

だが安川の方がもっと脱力した様子で、広くたくましい肩をすぼめて小さくため息を吐く。

「渉さんは、作品を読み込んで世界観にどっぷり浸らないと描けないタイプの方なんで、NGが多いんですよ」

「NGが多い、とは？」

「残酷な話や善人が報われない話は読むのが辛《つら》いので、そういう作品のイラストは描けないと最初から言われていたので、その手の依頼はしてきませんでした。でも今回は、シリーズ物の展開でやむを得ないことだから何とか、とお願いしたのですが聞き入れていただけなくて」

シリーズ物のイラストが途中で変わるなんて、素人《しろうと》の霧谷が考えてもよくないと分かる。

参考までに、と安川が机に並べた渉が描いた作品の表紙は、どれもすばらしいできだった。ちょんまげに着物姿の人々と江戸の情緒を感じさせる風景を、近未来的な色使いで描くことで、イメージが難しい架空時代小説の世界観を上手《うま》く表していると感じた。

「これが他のイラストレーターの絵に変わったら、読者も納得しないでしょうね」

「そうなんです！　第一、刀利先生が渉さんの絵に惚《ほ》れ込んでまして、彼の絵でなければ出さないとまでおっしゃっていて」

確かに、着物姿の女性の襟足《えりあし》の美しさは秀逸で、匂い立つほど妖艶《ようえん》だ。

刀利栄一は、何作もドラマ化やアニメ化された作品を持つ人気作家。

編集長は、なんとしても先生のご意向に沿えと躍起になっていて、上と渉の板挟みで安川は相当辛い立場にいるようだ。

それなのに安川は、自分より渉の身を心配していた。

「渉さんのイラストも人気はありますが、まだまだ新人です。それに、内容が気にくわないからシリーズ物の仕事を放り出したなんて噂が広まれば、他からの仕事にも影響が出ます。引き受けていただくのが、誰にとっても一番いいことだと思うんですが……」

「渉が意地を張っているわけですね」

渉はのほほんとしているようで、頑固だ。意志を曲げないところがあると言う霧谷に、安川はそうなんですと何度も頷いて同意する。

「そこで、申し訳ないのですが、渉さんの説得にご協力を願えませんでしょうか?」

机に両手を突いて頭を下げてくる、安川の必死な態度が胸に迫る。安川が気の毒だったし、渉の今後の仕事への影響を思うと心配でもある。

それに何より、『怪しげな先生』や『渉の好きな人』の正体が判明してすっきりとした気分になっていた霧谷は、やれるだけやってみますと協力を引き受けた。


安川が帰ってすぐ、霧谷は渉を探してパークの奥の方へと進んだ。

パークの裏側には川が流れているので、心地よい川風が吹き込んでくる。

風に髪をなぶられて見上げた空は、夕暮れの気配を見せ始め、周りの景色を少し寂しげな色に染めていく。

そんな情緒を吹き飛ばす明るい子供の笑い声が耳に入り、霧谷はそちらに視線を向けた。

温室の左側の少し開けた場所で、渉と幼稚園児と小学校低学年くらいの四人の子供が、影踏み遊びでもしているのか、地面を見ながら走り回っている。

小学二年生くらいの赤いカチューシャの女の子が鬼のようで、同じ年くらいの女の子と男の子が、ふざけ合いながら彼女から逃げる。

渉は一番小さな男の子を抱っこし、影を踏まれそうで踏まれない絶妙な距離を保ちつつ逃げていた。

そんな子供達の様子を、母親だろう二人の女性が街路樹の日陰のベンチに腰掛けて、応援しながら見守っている。

普通なら、母親は知らない青年と子供を遊ばせはしないだろうが、渉はパークの名前入りの作業着を着ているから、身元がしっかりしていると安心したのだろう。

それに何より本人が子供っぽいので、子供達がすぐに懐いてしまったに違いない。

こんなほのぼのとした光景を、このパークで見られるようになるなんて。

子供連れを呼び込んだ立役者の渉は、霧谷に気付いて立ち止まり、大きく手を振る。

「霧谷ー！」

「ふーんだ！」

「あーっ、やられたぁ」

「あーあ」

夕日に照らされて長く伸びた影を踏まれた渉は、抱いている男の子にほっぺをべしべし叩かれて苦笑いをする。

渉はわざとらしく残念がったが、もうそろそろ閉園時間なので、霧谷を見つけたのをきっかけに、遊びを終わらせようとしたのだろう。

抱っこしていた男の子を、木陰にいた母親に手渡す。

「遊んでもらってたのか」

「あははー、まあね」

軽く息を切らせながら霧谷の元へやってきた渉は、本当に楽しそうだ。

子供達も楽しかったらしく、最後に鬼だった女の子は、もっと遊ぼうと渉の腰に腕を回してしがみついている。

「おじさんも遊ぼう！」

もう一人のやんちゃそうな男の子は、霧谷の腕を取って引っ張る。その意外なほど熱くて力強い手に驚きつつ、屈《かが》んで目線を合わせた。

「その……おじさんは、かけっこは苦手なんだ」

「リュウくん！　駄目よ。お兄さんたちはここでお仕事をしてるんだから。すみません。うちの子が一緒に遊べって、しつこくしたせいで……」

霧谷の腕を摑んでいた男の子の母親らしき女性は、どうやら渉が仕事そっちのけで遊んでいたことを、園長の霧谷に叱《しか》られるのではと心配したようだ。

「いいんですよ。彼は……従業員ではなくアドバイザーでして。このパークの改装をしてくれているんです。お客様の声を聞くのも、彼の仕事ですから」

渉への気遣いに感謝して微笑むと、男の子の母親はほわわっと頰《ほお》を緩ませ、今更ながら髪の乱れを気にし出す。

渉にべったりの女の子を引っぺがそうと奮闘していた女性の方も、霧谷の方を向いた。

「それで入り口とかの雰囲気が変わったんですね。前はなんだか不気味――って言うか、ちょっと入りづらい雰囲気だったから来なかったんですけど」

「中に入ってみたら車も通らないから安全だし、お花はきれいだし、いいところですねぇ」

こんなことならもっと早く来ればよかったね、と顔を見合わす母親たちに渉は顔を輝かせる。

「あの、もっとよくしていきますから、他のお友達とかも誘って、また来てくださいね！」

「そうですね。アドバイザーさんもフラワーキングも格好いいし、幼稚園のママ友さんにも声をかけてみます」

『花よりイケメン』とばかりにうっとり霧谷を見つめる女性の視線より何より、『フラワーキング』の呼び名が定着していることに気持ちが行く。

じろっと横目で渉を見たが、渉の方は自分発案のネーミングが浸透してきていることにご満悦なようで、にっこにこしていた。

子供達はもっと遊ぶとごねていたが、閉園を告げるアナウンスが流れるとさすがに観念したようだ。また遊びに来るから、と何度も振り返って手を振りながら帰っていった。

「パークのお客さん、少しずつだけど増えてきたよね」

「ああ。アドバイザーが有能だからな」

「いえいえ。フラワーキングのお力ですよー」

ちょっと褒めれば調子に乗ってふざけ出す、渉のおでこをこつんと小突いた。

渉に安川から頼まれたイラストの話をするつもりだったが、今はこの雰囲気を壊したくない。

後で話すことにして、渉と二人で剪定用の道具をしまいにバックヤードへと向かう。

夕暮れの光はまぶしくて、けれど昼間ほどの熱さはなく、やさしく包み込むみたいに木々を輝かせる。

美しい景色を見渡して隣を見ると、渉と目が合う。

「ここはきれいだね」

同じものを見て、同じことを考えていた。ただそれだけのことが、とても嬉しい。

そうだな、と答えたけれど、今は景色より渉を眺めていたい。

自分の作り出す世界に、初めて花以外で不可欠だと思えた渉に、ずっとここにいてほしい。

けれど、挿絵の一件が解決してパークの改装も終われば、渉は家に戻ってしまうのではないかと不安がわき起こる。

しかし渉が霧谷の花をみんなに見てほしいというのと同じように、霧谷も渉のイラストが本屋に並ぶことを望んでしまう。

渉が、いつの間にか居着いた猫みたいな存在ではなく、この地に根を下ろす花だったなら、こんな心配はしなくてすんだのに。

もしも花なら、ガラスのケースをかけて虫からも風からも守って、愛情を注いでどんなにでも大切にする。

けれども、人間相手ではどうすればいいのか。

初めての気持ちを持てあまし、霧谷はただ隣にいる渉の存在を感じながら歩いた。

「ふにゃー。もふもふ最高ー」

右手で抱き上げた白黒猫に頬ずりして、左手では床に寝そべる茶虎猫《ちゃとらねこ》を撫で、床の間《とこのま》に寝そべるサバ猫を眺めて愛《め》でる。

夜になって猫たちとくつろぐのは、渉にとって至福の時間だ。

パーク内の猫は餌係の高橋《たかはし》さんに人気を独占されているが、家に帰れば抱っこし放題の白黒猫がいるし、茶虎猫も抱っこは嫌いだがなでなではさせてくれる。

相変わらずサバ猫だけは一定の距離を保ったまま触らせてくれないが、それでもその距離は僅《わず》かずつだが縮まってきている。

幸せな毎日だけど、今日は少し気になることがあった。

相変わらず美味《おい》しい晩ごはんを作ってくれた霧谷の様子が、なんだか少し変だ。

今も目が合うと、何か言いたげな表情で見つめ返されて居心地が悪い。

「渉」

「はい！　何？」

いつもより少し低い声で名前を呼ばれ、思わず背筋を伸ばせば、突然の動きに驚いて白黒猫がするりと渉の上から逃げた。

「ああ、ごめん。シロクロ、戻っといでー」

うるさげにしっぽで畳を叩いて抗議する茶虎猫の頭を撫でながら、呼び戻す。

「ちょっと話があるから、猫は置いておけ」

猫たちのいる座敷では気が散るから、と霧谷の部屋へ移動させられる。

霧谷の部屋も八畳の和室だが、絨毯《じゅうたん》が敷かれてベッドとソファが置いてある半洋式で、少し雰囲気が違う。

二人掛けのソファに並んで座ると、妙に緊張する。

何か叱られるようなことをしてしまっただろうかと今日一日の自分の行動を思い返していると、霧谷が重い口を開いた。

「今日、パークに安川さんがいらした」

「……え？　安川さんってば！　周りの人には迷惑かけないでって言ったのに！　ごめんね、霧谷」

「いや、俺はいいんだ。それに、おまえこそ安川さんに迷惑をかけているだろう？」

突然押しかけた安川に怒っているのかと思ったが、霧谷は意外なことに渉を叱責してきた。予想もしなかった展開に、居心地のいい場所ごと押しつぶされるみたいな息苦しさに襲われる。

「嫌なことから目をそらして逃げているだけなんて、おまえらしくない」

「俺らしいって何？　嫌なことは嫌って言うのがいけないことなの？　大体、俺はプロットを聞いた段階で断ったんだから、妙さんが死なずにすむよう考え直すか、他のイラストレーターを探すかしてくれればよかったんだよ」

自分なりに誠意は尽くしたんだから、あとは向こうの問題だ。そう突っぱねても、霧谷は耳を貸してくれない。

「たくさんの人に迷惑がかかるなら、多少の嫌なことには目をつぶるのも仕事のうちだろう」

珍しく険しい表情で諭されて、たじろぐ。

霧谷はなんだかんだといじわるは言うけれど、最終的には甘やかしてくれた。

なのに今は、完全に安川の側に立っている。

これは、『多少の嫌なこと』なんかじゃないのに。

骨が溶けたみたいに身体から力が抜けて、息をするだけでいっぱいいっぱいになる。

「で、でもっ、最初から、いい人が殺されたり酷い目に遭う話は、嫌いだから、無理って
――」

「小説なら、時にはそんな展開になることもあるだろう。それが嫌なら、初めからシリーズ物の依頼は受けなければよかったんじゃないのか？」

息が苦しいほどの動揺の中で、それでも何とか伝えようとした言葉を遮られ、喉の奥に何かがつまったみたいに苦しくなる。

自分にとってはとても辛いことを、大したことではないみたいに言われると悔しい。

『嫌な話は読みたくない』なんて、自分でも子供っぽい理由だと思う。

だけど渉にとっては、たまらなく辛いことなのだ。

でもそれを知らない霧谷は、ただのわがままを諭すみたいに苦笑する。

「俺は、おまえがもっと悪い奴に追われていると思ったからかくまったんだが、安川さんはおまえのことを本気で心配してくれている、いい人じゃないか。彼のためにも、仕事を受けてあげられないのか？」

刀利の表紙はデジタルイラストなので、パソコンとペンタブレットのあるアパートに戻らなくてはならない。

そもそも安川から逃げる理由がなくなれば、ここにいる必要自体がなくなってしまう。

それなのに、仕事をしろということは——。

「霧谷は……俺に出てってほしいの？　確かに、俺のせいで彼女に逃げられたし、隠し子疑惑なんかも出てお兄ちゃんにまで心配かけたし……俺、霧谷に迷惑ばっかりかけてる。だからホントは怒ってるんじゃない？」

「怒っていないし、迷惑だなんて思っていない！　おまえのおかげでパークに来てくれる人が増えたし、雰囲気も明るくなった。おまえは十分、役に立ってくれている」

涉の肩に手を置き、目を見ながら話す霧谷は、口先ばかりでなく本当のことを言ってくれていると思う。

だからこそ、涉は項垂《うなだ》れるしかなくなってしまう。

「じゃあさ、もう俺がここにいる理由はないってことだよね」

涉は悪人に追われているわけでもないし、パークは親子連れが来てくれるほどイメージがよくなった。

もっと壁に絵を描いたり、柵《さく》の塗り直しもしたかったけど、それは涉以外の人にだってできることだ。

自分でなければならない理由が見つけられない。

「……涉は、ここを出て行きたいのか？」

「霧谷が出て行ってほしいんなら……出てく」

それが霧谷の望みなら、叶《かな》えたい。それくらいしか、恩返しの方法が思いつかない。

そう思って霧谷の顔を見つめると、霧谷の喉が大きく上下した。

「——出て行く？」

今まで訊《き》いたこともないほど低い声で渉の言葉を繰り返した霧谷に、身体ごとソファの背もたれに押し付けられる。

「え？　ち、近っ！」

驚きに見開いた目に、霧谷のドアップが映る。

こんなに近付いたのは、前に霧谷とキスしたとき以来――そう思い出す間もなく、霧谷に唇をふさがれていた。

「んっ、ぷはっ！」

強く唇を押し付けられたが、顔を振って何とか逃れる。

けれど霧谷は、逃がさないとばかりに右手で頬を摑んで自分の方を向かせた。

「やっ、霧谷？」

両手で霧谷の顔を押し戻そうとすれば、その手をひとまとめにされて頭の上で拘束される。

霧谷は冗談でキスしてくるような遊び人。きっとこれも冗談だ。

そう思ったのに、霧谷は頰を摑む手に力を込めて無理矢理口を開かせる。それと同時に嚙み付くみたいな勢いで口付けられ、ぬるりとした舌の感触と熱い息が口内に入ってくる。

「んっ、んうっ、くぅ……」

舌で上あごをくすぐられると、反射的に身体がのけぞる。けれど霧谷に押さえ付けられているので、僅《わず》かに身じろいだだけだった。

奥に逃げようとする舌を霧谷の舌に搦《から》め捕《と》られ、喉がつまりそうな感覚にうめいて首を反らせば、ようやく解放された。

これで悪い冗談もおしまいかと思ったら、霧谷は渉の首筋に唇を這《は》わせながら、閉じた太ももの間に強引に手をねじ込んで内ももを撫で、股間の膨らみも何度も確認するみたいにすりすりと撫で始める。

「ひあっ、何？　やめ、やめてよ！」

「俺のものにすれば、おまえはずっと……ここにいてくれるのか？」

耳元に顔を寄せた霧谷のささやきが、温度と湿度を持って首筋にかかって、首筋は熱いのに、背筋にはぞくぞくとした寒気が走る。

自由になった両手で、股間をまさぐる霧谷の手を引きはがそうとすると、逆にぎゅっと強く摑まれて身体が跳ね上がった。

「き、きり、やぁっ！　んあ、んっにゃに、なに、すんのっ！」

驚きと焦りで、童貞をからかわれた時みたいに、また言葉を嚙《か》んでしまった。

もうこれ以上ないほど身体が熱いと思っていたのに、恥ずかしさでさらにかっと顔が火照《ほて》る。

きっと赤くなってると思うと恥ずかしくって、見られたくなくて、俯いてしまう。

その髪に、霧谷は口付けるみたいに顔を寄せてくる。

「おまえは……なんだか猫みたいだ」

「うひゃっ、ん！」

しっぽでも生えているんじゃないか、なんてズボンの後ろに手をねじ込まれてお尻の割れ目付近をさわっと撫でられると、信じられないくらい身体がびくついて、今まで以上に変な声が出た。

「ここが、気持ちいいのか？」

「ひぅっ！　ち、違っ、うぅ……やんっ」

「違う？　それじゃあ、もっと奥か。いくらでも気持ちよくしてやるから……ここにいてくれ」

「ひゃんっ！」

霧谷はさらに深く手を突っ込んで、割れ目までなぞってくる。

だがズボンが邪魔で自由に触れないのがもどかしいのか、霧谷は渉のズボンのボタンを外し、ファスナーも下ろして脱がせにかかった。

「ええっ？　やっ、ちょ、霧谷！」

霧谷の手を阻止しようとしたのに、それと並行して軽く歯を立てながら熱くぬめった舌で首筋を舐め回され、どちらを止めればいいのか混乱して、どっちつかずになる。

そんな渉と違って、霧谷はどちらも器用にこなしていく。

パンツごとズボンを太ももまでずり下ろされ、足をばたつかせて逃げることもできなくなる。

それを何とかしようと下半身に手を伸ばせば、その間にあっさりシャツをはぎ取られた。手慣れた霧谷の前で、なすすべもなく剝《む》かれていく自分の無力さに愕然《がくぜん》となって、抵抗する気力を失っていく。

こんなに上手に服を脱がせるには、それなり以上の経験が必要なはず。

どれだけの人と、こんなことをしてきたんだろう。

そう思っただけで何故か目の奥が熱くなって、渉はきゅっと唇を噛みしめた。

「渉？」

自分の名前を呼ぶ霧谷の唇が、ゆっくりと降りてきて、何も言えない自分の唇に触れる。

「ふぇっ？　——んくっ」

驚いてほどけた唇の間から、また霧谷の舌が忍び込んでくる。舌なんて、自分とそう変わりない器官のはず。なのに霧谷の方が熱く感じて、火傷《やけど》するみたいな気がして逃げようとしたけれど、頬をがっちりとつかまれて僅かにそらすこともできない。

「んんっ、んうーっ、んっ！」

唇をふさがれ鼻から抜けるだけの情けない声に、くちゅくちゅと互いの唾液が立てる水っぽい音が混じって、妙に恥ずかしい。

二人だけの静かな部屋では、どくどく早鐘を打つ心臓の音まで聞かれてしまうんじゃないかと思う。

霧谷は渉の口内の奥深くまで舌で探り、唇をぴったりと合わせて吸い上げてくるから、意識していないと呼吸すら止まりそうに苦しい。

酸欠になったのか、頭は次第にぼんやりとして、身体の芯から力が抜けていく。

「ふうぅ……」

ようやく唇を解放されると、抗議の言葉も出せず戦慄《わなな》くことしかできない。

「渉……気持ちいいだろ?」

満足げな笑みを浮かべる霧谷の意味深な視線の先には、すっかり勃《た》ち上がった自分の性器があって、恥ずかしさに息が止まりそうになる。

「あ……あ……」

「すごいな。キスだけで……こんな」

根元から先端にまでじっくりと、絡《から》まるみたいに濃厚な視線を向けられると、静まってほしい気持ちとは裏腹に、股間のものは角度を増す。

「や、だ！　霧谷！　み、見るなっ」

足を閉じて隠そうにも、間に霧谷が入り込んでいるのでできない。再び手も捉えられて、ソファに組み伏せられる。

渉の動きを封じた霧谷は、視線はそのままに渉の反応を見ながら首筋や鎖骨を甘噛みする。

「なっ、な……や、ふぁっ！」

鎖骨から胸へと降りてきた舌は、小さな突起に軽く触れてくる。尖《とが》らせた舌で中に押し込むほどの勢いで執拗に乳首を舐められると、そこが硬くなってきたのが自分でも分かる。

霧谷はその変化を楽しんでいるのか、軽く歯を立て唇で吸い付いてくる。

吸われているはずなのに、霧谷の熱を注ぎ込まれているかのように身体の熱量が上がっていく。

「いっ、や！　霧谷ぁ！　それ、変……やめて！」

左右共に同じように愛撫され、その間ずっと霧谷は渉の股間の変化を見つめていた。

どうしてか、いじられているのは乳首で直接股間には触られていないのに、霧谷のもたらす刺激は、全部がそこへ集まっていくみたいでぴくぴくひくつく。

硬く滾《たぎ》った股間のものの先端が小さく光って、先走りを漏らしていると気付く。

その反応のすべてを霧谷に見られている——そう思ったら、ぴりぴりと小さく帯電しているみたいな刺激を濡《ぬ》れた先端に感じる。

でもそんな刺激じゃ、全然足りない。

見ているだけじゃなく、触ってほしい。霧谷の熱を、そこでも直接感じてみたくてたまらなくなる。

「ふぁっ！　き、りやぁ……さ、触って！」

「触るって、どこを？」

口調は優しいが、目は射るように鋭くて、怖いくらいに背中がぞくぞくして肌が粟立《あわだ》つ。

「渉……どうしてほしいか、ちゃんと言わないと分からないよ。この口で、言えるだろう？」

意地悪く問いながら唇をなぞる指を甘噛みすると、中まで突っ込まれた。押し戻そうとする渉の舌を、霧谷の指はからかうみたいにさらに奥まで侵略してくる。

「んぅっ、んっく……」

霧谷を味わう不思議な感覚に、恍惚《こうこつ》となって全身の力が抜けていく。

こんな感覚は知らない。もっと知りたい。霧谷を、もっと知って——もっと、欲しい。

渉は貪欲に舌を絡めて、霧谷の指を味わう。

ちゅくちゅくと、自分の漏らす水音が身体の奥の方まで染み渡るみたいで、中から熱くなっていく。

「ふ、ぅ……き、りゃ……んう……」

腰の奥が熱くうずいて足をもぞつかせると、霧谷は満ち足りた笑みを浮かべて渉の口内から自分の指を引き抜く。

未練げに糸を引く自分の唾液を、ぼんやり見つめる。

「渉。どうしてほしいのか……言ってくれ」

催促というより、懇願の口調と眼差しを向けられた。

きれいな眉を微《かす》かに寄せて、どこか苦しいような切なげな表情の霧谷は、うっとりするほど美しい。

濡れた唇をなぞる霧谷の指を手に取り、口付ける。

「ん、霧谷……気持ち、よくなるとこ……触って。霧谷の手で、触って」

口内を触られて、とても気持ちよかった。霧谷の手は、自分を気持ちよくしてくれる。

そう確信した渉は、素直に霧谷にねだった。

「渉……もっと、俺を欲しがってくれ」

ほっとした笑顔で、渉のおでこに自分のおでこをくっつけてささやく霧谷の言葉は、甘い蜜みたいに心をとろかす。

大好きな霧谷の笑顔を見て、渉も同じように微笑んだ。

だが、すぐにその笑顔を引きつらせることになった。

「や！　ちょっ、何？　ど、どこ触っ、て……んやっ！」

前を触ってほしかったのに、霧谷は渉の足を広げさせ、後——お尻の谷間に指を滑らせる。

そのまま奥に隠れた蕾《つぼみ》に、唾液でぬめった指をゆっくり押し込んできた。

「霧谷？　やぁだっ！　そこ、ちがっ、駄目！」

身をよじって抵抗する渉を片手で押さえ込み、霧谷の右手は蕾を開かせるように丹念に優しく、浅い部分での抜き差しを繰り返す。

自分でも触れたことのない身体の内側を、指でかき回される。いつも見ている霧谷の指が、自分の中に入っているなんて信じられないが、確かに中に感じる。

押しのけて逃げようにも、霧谷は体重をかけてのしかかり、身体全体を渉に押しつけて動きを封じてくる。

「霧谷！　きり、やぁっ、うーっ！」

身動きの取れない渉は、せめてもとお尻に力を込めて追い出そうとするが、それを咎《とが》めるみたいに逆に深く押し込まれた。

「あっ！　やぁぁっ！　……はぁ」

「渉っ……大人《おとな》しく……」

「んんっうっ、やぁだぁ……って！　ふうぅぅ……」

なだめるみたいに肩に優しく口付けられ、肌が粟立つ。身体の表面全体がぴりぴりして、震えが走る。

喉が痙攣《けいれん》して声が出なくなるどころか、息さえ苦しい。

少し落ち着いて息をしなきゃ死んじゃうと思って、ゆっくり息を吐くと、ぐっと深く奥まで指を突き入れられた。

「ふ、うあっ！　き、り……やぁっあ……」

「そうだ。力を抜いて……いい子にしてろ」

お尻に霧谷の指の付け根があたって、根元まで指を突き入れられたと知る。何度も抜き差しを繰り返され、それに慣らされた頃に、また刺激が強くなる。

中を探る指が二本に増え、それが別々に中でうごめく感覚に、身体がびくびく震えて制御できない。

「やぁっ、あっ、何？　なん……いやっ、あ！　抜いて！」

「痛いか？」

「痛い、んじゃ……ない、けど、やだ！」

「指じゃ、物足りないか？」

「え？　んうっ！」

ずるりと引き抜かれる感覚に、一瞬強張《こわば》った全身の力がゆるりと緩み、渉は力なくソファに沈み込んだ。

自分の中から霧谷がいなくなったことに、安心感より喪失感を覚えてしまう。

もう少しだけ我慢してもよかったかも、なんて思ったが、すぐにそんな気持ちは吹き飛ぶ。

涉の足を膝の上に抱え直した霧谷が、前のめりにのしかかってきた。

「ふあっ！　くっ……」

それに合わせて、ぐっと熱くてぬめったものが入ってくる感覚に、息がつまる。

指よりずっと太いそれはまだ浅いところにあるのに、狭い窄《すぼ》まりが押し広げられて痛い。

何を押し込まれたのか、見なくても分かるが確認したくて頭をもたげると、お腹に力が入って、より中のものを感じてしまう。

「嘘、う、そ！　それ、無理！　やぁだ！　あっ……いっつー！」

「動くな」

そう言いながら、霧谷はゆっくりと腰を進めて、奥へと入ってくる。

ぐぐっと押し上げられる感覚に首を反らせば、霧谷はさらされた喉元へ食いつくように唇を這わせて吸い付く。

「あっ、あ……う……」

「もう、少し……あと、もう少しだけ……」

霧谷は、もうまともな言葉も出なくてうめく渉の手を握り、片方の手でお尻を持ち上げて渉の負担が軽くなるよう位置を合わせる。

「ゆっくり息を吐いて。力を抜くんだ」

浅くせわしい息を繰り返す渉の肩に頬ずりし、首筋に軽い口付けを落としながらささやく霧谷の言葉が、耳だけでなく肌からも染み込んでくるようで、渉の呼吸は徐々に深くゆっくりになっていった。

それに合わせて、霧谷もゆっくりと入ってくる。

「は……ぁん、はぁ……」

「いいぞ……渉。ちゃんと、入った」

目眩《めまい》に似た感覚がしてぎゅっとつぶっていた目をうっすら開くと、満足げに微笑む霧谷と目が合う。

「入っ、た……？」

訊ねれば、答える代わりに優しく口付けられる。

自分の中に霧谷があって、霧谷が自分のものになったみたいな、不思議な高揚感に包まれて、心臓は痛いくらいに早鐘を打っているのに、頭がぼんやりしてくる。

何も考えたくない。何も考えずに、霧谷を感じていたい。

心に従えば、強張っていた身体の力が抜けていく。

「んうっ、き、りやぁ……」

「渉」

目を見つめて名前を呼ぶと、霧谷は軽く腰を引く。入ったから、これでおしまいかと思ったら、霧谷はまた奥まで、もっと深く繋がろうとするみたいに押し込んできた。

「あっ、あ！　いっ、つっ……い！」

反射的に締め付けてしまい、再び痛みに襲われる。けれど霧谷はやめてくれなくて、浅く深く抜き差しを繰り返す。

「やぁ、め……ふ、あっ……あ」

「はっ……渉、わた、る……」

「き、りぁ……んうっ、う、くっ」

揺さぶられる度に触れ合う互いの肌が、さらに体温を上げていく。肌の上を、汗が流れ落ちる僅かな感覚にすら震えるほど、身体が敏感になっていた。

獣めいた荒い息を弾ませて、自分の上で揺れている霧谷の顔も汗ばんでいて、黒い髪が頬に張り付いているのが妙にエロチックで、視覚まで犯されている気分になる。

自分を見つめる霧谷から目をそらせなくて、見つめ合ったまま揺さぶられていると、繫がった部分の痛みも熱に変わったみたいに感じる。

単調な抜き差しだったのが、奥深くまで入ったかと思うと、霧谷は性器で中をかき混ぜるみたいに腰をうねらせる。

「ああっん、あ……そ、そこ、そこ……やぁっ！　あんっ」

何度かされるうちに、突かれるとびくんと身体が反応してしまう場所があるのが分かった。

繫がった霧谷にも分かったようで、霧谷は執拗にそこを擦《こす》りあげるように腰を使う。

「あっ、あんっ、あ……やあぁっ！」

感じる部分を擦られて奥まで突き入れられると、お腹の中がとろりと溶けたみたいに熱くて、なのになんだか身体全体に悪寒が走る。

「んんっ！　あ……はぁっ」

ぶるっと震えた弾みに、痛いほど反り返っていた性器から、勢いよく白濁した液が胸まで飛び散った。

「うぁっ、やっ、だ！」

お尻に性器を突っ込まれて射精してしまったなんて、恥ずかしくて消え去りたいくらいだ。なのに霧谷は、渉の顔をじっと見つめたまま、息を弾ませて嬉しそうに微笑む。

「渉……気持ち、よかったんだな。渉」

「んぁっ、はぁ、やぁ……も……やぁ！　霧谷！」

「くっ……渉っ！」

いったばかりでまだ震えも治まらない身体に、さらに突き入れられて背中をしならせると、お腹の中に熱いものを感じる。それと同時に、霧谷の性器が自分の中でびくびくと脈打つのまで感じた。

霧谷の身体を自分の中に感じるのに、心は何を考えているのか感じ取れない。

——こんなものより、霧谷の心が欲しい。

いらないものが自分の中にあるようで、気持ちが悪くなってきた。

「ぬ、抜いて！　やっ、もう……んぅぅ、霧谷ぁ……お願い……」

渉の中にたっぷり吐き出した後も、ぴったりと肌を合わせて自分が出したものを渉の中に塗り込めるみたいに腰を使い続ける霧谷に、最後はもう涙声で懇願した。

「ふぅぅ……」

互いの乱れた息が整う頃に、ようやく繋がりをとかれたが、その際のぬるりとしたぬめった感触にまた肌が粟立ち、渉は喉の奥から低いうなり声を漏らした。

「きつかったか？　でも、気持ちよかっただろ」

自分の上に重なったまま、指先で渉の頬をなでて問いかけてくる、余裕のある霧谷の表情が憎らしい。

なのに、やっぱりそんな表情すらきれいだと、見とれそうになる自分自身が嫌で、ぎゅっと強く目をつぶる。

「渉？　どこか痛いか？」

可愛げのない態度に、怒るどころか気遣ってくる。その手慣れた優しさも、腹立たしい。これまでに、何人の女の人にこんなことを言ってきたんだろうと、考えただけで胸がもやもやする。

霧谷にとっては、こんなこと何度もしてきたことだろう。

霧谷はモテるし、セフレだっていた。

霧谷が、去って行くセフレの女の人を笑顔で見送った日のことを思い出す。

今はここにいてよくっても、自分もいつか、あんなふうにあっさり捨てられる時が来るのではと、想像しただけで震えが走る。

これまでずっと、霧谷の側《そば》にいると楽しかった。

だからこそ、失う日が来ることがたまらなく怖い。

こんな気持ちを抱えたまま、これまでみたいにここにはいられない。

「渉？　大丈夫か？」

霧谷に背を向けられる日を想像しただけで身体が震えた渉を、霧谷は心配げに気遣って髪を撫で上向かせて様子を見る。

そんな優しさも、いずれなくすなら欲しくない。

「気持ちよかった！　けど……だけどっ、こんなの楽しくない！」

「楽しくない、って……」

「やだ！　もう触るな！　霧谷の馬鹿！」

霧谷より、勝手な想像だけで嫉妬《しっと》して疲弊する、自分自身が嫌になる。

こんな卑屈な自分を霧谷に見られたくなくて、渉は身体を縮めて丸まった。


六畳一間の安アパートで天井の染みを眺めていると、ここ数ヵ月間のことがすべて夢だったみたいに思える。

美味しい三食付きの花園で、猫を撫でて絵を描いて、それできれいなフラワーキングに甘やかされるなんて、幸せすぎて夢に決まっている。

——そう思い込もうとしても、心と身体の痛みが、あれは現実だったと主張する。

霧谷に抱かれた後、自分の気持ちを持てあまして八つ当たりした渉を、それでも霧谷は身体を拭き清めてベッドへ寝かし付けた。頑《かたく》なに背を向けて口も聞かなかったのに、後ろから抱きしめてくれた。

あの行為だって、やめてと本気で頼めば、きっと霧谷はやめたはず。

でも、『いや』と口にしても本当は、やめてほしくなかった。

それを見透かされていた気がして恥ずかしい。

「……だって、霧谷ってば……すんごい格好良かったし……気持ちよかったし」

エロチックに美しかった霧谷に対して、自分はどんな顔をしていたんだろうなんて考えただけで憂鬱《ゆううつ》になって、当分鏡は見られそうにない。

霧谷の薄い唇が自分の乳首を優しく食《は》んで、赤い舌が胸や腹を這った感触を思い出しただけで顔がかあっと熱くなる。

試しに自分で自分の頭を撫でてみたが、別に気持ちよくない。

触り方が悪いのかと、霧谷がしてくれたみたいに肩に頬ずりして、シャツから出た腕を舐めてみたが、虚《むな》しくなっただけだった。

「……違う。霧谷は、もっと熱くて、優しくて……」

他の誰でもなく、霧谷に触ってほしい。

霧谷の温《ぬく》もりを、声を感じたい。吐息まで感じたあの時間が恋しい。

自分で、そっと後ろの穴の辺りを撫でる。

「っ……ここに、霧谷の……ホントに入ったのかなぁ……」

じんとした熱っぽい疼《うず》きに、異物感まである。なのに、もう霧谷を感じることができないのが寂しかった。

このアパートは壁が薄いので、外を走る車の音や両隣に階下の住人の生活音も聞こえる。人の気配は感じるのに、それらはみんな自分と関わりのない音ばかりと思うと、なおさらに孤独を感じる。

この部屋には、着替えや画材を取りに何度か戻ってきた程度。

ずっと出しっぱなしだったコタツ布団は、ほこりっぽい上に暑くて使う気になれなかったので、畳んで部屋の隅に追いやった。

今は並べた座布団の上に横になり、タオルケットを被《かぶ》って寝ていた。

そこへ、渉がアパートへ戻ったと霧谷から連絡を受けた安川が、差し入れを持って訪ねてきた。

霧谷は安川に、渉が風邪《かぜ》を引いて体調を崩していると伝えたそうで、差し入れはプリンに菓子パンにチンするだけの冷凍うどん、と渉の好物ばかりだった。

さらに冷蔵庫が空っぽと知ると、牛乳やスポーツドリンクなども買いに走ってくれた。

「あの……病院に行った方がよくないですか？」

「ううん。いい。こうしてれば楽だから」

部屋に招き入れても横になったままの渉を、安川は心配してくれたが、単にお尻が痛いから座りたくないだけだ。

「それで……その……いえ。今は風邪を治すことを第一に考えてください」

本当は、仕事を引き受けてくれるか訊きたかったのだろうに、渉の体調を気遣ってくれる安川は、やさしくていい人だ。

「安川さん……原稿、持ってきてる？」

「え？　あっ！　はい！」

安川があたふたと鞄《かばん》から出してきた刀利の小説が入った封筒を、上半身だけ起こして受け取る。

夢から覚めてしまったなら、現実と向き合うしかない。

別に霧谷がやれと言ったからするんじゃない――なんて強がろうとしたけれど、渉がきちんと仕事をすることが霧谷の望みなら、そうしたかった。

辛いことに向き合うのは嫌だけれど、霧谷に嫌われることは、もっと嫌だから。

「できるって、まだ約束はできないけど……読んでみる」

「はい！　ありがとうございます！　ですが、今はとにかく無理をなさらないでくださいね」

ここにきてもまだ自分のことを気遣ってくれる安川に、本当に申し訳ないことをしたと思うと、自然に頭が下がった。

「安川さん……今までわがまま言って、ごめんね」

謝る渉に、安川はやめてくださいよと大きな手をぶんぶん振った。

「そんな！　こちらこそ、作品がこういう展開になることを予想しきれずお願いして、ご迷惑をおかけして申し訳ありません」

「でも……」

「私も刀利先生も、渉さんの作品が好きだから待ったんですから、詫《わ》びなら作品でしてください！」

期待してますという言葉が、いい方向にプレッシャーになった。

一人で集中して読みたいので安川には帰ってもらったが、原稿に手を付ける前に腹ごしらえをすることにした。

「無駄になっちゃう気がするけど……」

もう夕暮れ時だが、今日は水以外何も口にしていない。

なのに、食欲はまるで感じない。

だけど何か食べなければ元気になれないと、菓子パンを牛乳で流し込むようにして食べた。

あらすじを聞いて大体の内容を把握しているだけに、最初の一ページ目をめくるのも辛い。

それでも、読まないと描けない。

渉は覚悟を決めて原稿と向き合う。

しかし原稿を読もうと覚悟してから、読み終わるまでに丸一日かかった。

普段なら一時間ほどで読める枚数だったのだが、妙が殺されるシーンでやはり胸が痛んで本当に気分が悪くなり、せっかく食べた菓子パンを吐いてしまった。

渉は子供の頃から、ストレスを受けるとてきめんに胃腸をやられるのだ。

人の死について考えると、過去の辛い出来事も連鎖的に思い出され、胃が絞られるみたいに痛くて、涙が出るほど苦しい。

それでも胃が空っぽになるまで吐けば、多少は楽になる。

少し休んでから続きに取りかかり、最後まで読み通してまた最初に戻り、問題のシーンも何度か読み返して、作品のイメージを頭の中で入念に練り上げた。

そうしてラフイラストを提出して安川や刀利とも意見を交換し、描き始めた。

その間、安川は毎日様子を見にきてくれた。

知り合いが総菜屋をしていてリクエストすれば大抵のものは作ってくれるそうで、渉の食べたいものを聞き出しては差し入れてくれた。

問題の、妙が殺される場面の挿絵の途中はさすがに何も食べられなかったが、他の挿絵や表紙を描いている間は、食欲がなくても一日二食は食べるよう努力した。

安川の差し入れは、総菜屋の料理だけあって美味しかったが、一人で食べる食事はなんだか味気なく感じた。

「オムライス……霧谷の作ってくれたのの方が美味しかったなぁ」

霧谷は刻んだウインナーを使っていたが、総菜屋のオムライスには鶏肉が入っていた。

鶏肉の方が一般的なのだろうけれど、霧谷の作ってくれるオムライスの方が渉の好みだった。

半分ほど食べたところで、スプーンが止まる。

これはこれで十分美味しいのだが、喉の辺りに何かつまっているみたいな重苦しさに、これ以上は入らなくなった。

「霧谷のオムライス……食べたいな」

漏らした呟《つぶや》きに返事をしてくれる相手もいない散らかった部屋で、座布団の上にごろりと横になる。

この部屋には、自分の好きな物しか置いていないし、これまで特に不自由とも思わず生きていた。

なのに今は、居心地が悪い。

だってここには、つまらない話にも相づちを打ってくれる人も、すり寄ってきたり無愛想だったりする猫たちもいないから。

『美味しいなあ』もいいけれど、『美味しいね』と話しかける相手がいた幸せを思い出せば、お腹はいっぱいでも心は空っぽだと感じる。

「シロクロを、誘拐してきちゃおうかな。チャトラに、サバも……ついでに、霧谷も」

この部屋にみんなでぎゅうぎゅう詰めになるのを想像したら、おかしくて、あり得なさすぎて、目の奥がじんと熱くなるほど悲しくなった。

自分があの家にいたかったのは、猫がいて、花がきれいで、ご飯が美味しくて——たくさんの理由があったけれど、それらのすべては霧谷に繋がっている。

あの家での幸せな日々は、霧谷なしではあり得なかった。

「霧谷、どうしてるかな……」

霧谷はすぐに馬鹿にするしいじわるだし——だけど、会いたい。

半ば無理矢理に抱かれたのに、それでも会いたいのは何故なのか。考えても分からない。

ただ会いたい気持ちがあふれて、言葉になって転がり出る。

「……霧谷に会いたい……」

霧谷の家は、いつだってどこかが開いている。会いたいなら、会いに行けばいい。

だけど、開けっ放しの扉から、もう他の誰かが入り込んでいるかもしれない。

帰ったとして、今更何をしに来たと霧谷に背を向けられたら。きれいな女の人を連れ込んでいたりしたら――。

「心臓がつぶれて死んじゃうよ……。霧谷が他の人と仲良くしてるのも、霧谷に嫌われるのも、嫌だ」

霧谷に嫌われることを、想像しただけで胸が苦しくなる。ぎゅっと胸を押さえて、自分を抱きしめるみたいに丸まる。

なんともいえない苦しさに、じんわりと涙が浮かぶ。泣きたいわけでもないのに流れる涙が、ぽつりぽつりと座布団に落ちる音すら聞こえる静けさを感じていると、いつの間にか息苦しいほどの胸の痛みは治まった。

「……後はトーンだけだ。がんばろう！」

表紙はすでに提出したし、残りは挿絵のモノクロイラストの仕上げだけ。

手の甲で涙をぬぐった渉は、むくりと起き上がって再び机に向かった。

結局、取りかかってから二週間ほどかかったが、満足のいく出来の表紙と挿絵を描き終えた。

毎月受けている月刊誌のカットの仕事も何とか落とさずに間に合わせ、渉はようやく一息吐けるようになった。

仕事を終えればもう吐き気はしないし、少しずつなら三食とれるほどに回復した。

それまで毎日来てくれていた安川にも、もう来てくれなくても大丈夫だからと、いつもの元気な自分をアピールした。

それでも夜はなかなか眠れなくて、昼に浅い眠りを繰り返すだけ。

眠れないと、食事をしても身体が受け付けないのか、体重はなかなか戻らない。

結局、気力と体力を回復させるのに、十日ほどかかってしまった。

「ん？　あれ、何の蔓《つる》だろ？」

横になったままぼんやり眺めた窓の外に、ちょろりと小さな蔓が、部屋の中をのぞき込むみたいに這い上がっていた。

二階の窓まで伸びるとは、なかなか生育のいい蔓だ。

――霧谷ならきっとすぐに種類を言い当てて、渉の知らない蘊蓄《うんちく》を傾けてくれるだろうに。

霧谷のいない暮らしに慣れなければと思っても、こんなふうに隙あらば霧谷のことを考えてしまう。

霧谷の名前を呼べない辛さを唇を嚙みしめて堪《こら》え、窓を開けて下を覗《のぞ》いてみた。

渉の部屋の真下は小さな花壇になっていて、向かいの家に住む大家の奥さんが花を植えているのは知っていた。

そこに、二階まで届く長い支柱が立てられ、蔓はその支柱を登ってきている。

いつからこんなものが植わっていたのか。

買い物や気晴らしに外へは出たが、まぶしい日差しは体力を奪うので、暗くなってからしか出なかったので気付かなかった。

わさわさとハート形の葉は茂っているが、花は見当たらない。

——なんだか見覚えのある形の葉だが、写真で見ただけなので確信が持てない。

ただの蔦《つた》だろうかと思ったが、花壇に植えているなら花が咲くもののはず。下の方には咲いているかもと、渉はスケッチブックを手に花壇へ向かった。

「これ……！」

葉がまばらな下の方に、一輪だけ咲いていた花を見た渉は、即座に大家さんの家を訪ねた。

「何かあったの？　野原さん」

「あのっ、あそこの花壇の花！　あれっ、ヘブンリーブルー？」

思わず何度もチャイムを押してしまった渉の剣幕に、火事か水漏れかと慌てて出てきた大家さんは、渉の質問を聞くなりほっとした様子で苦笑いした。

「そうですよ。きれいでしょ？」

渉の部屋まで伸びた蔓に咲いていたのは、目の覚めるような鮮やかな青の朝顔。

けれど、ヘブンリーブルー以外にも青い朝顔はある。どうしてもあれがヘブンリーブルーかどうか知りたかったのだ。

「今朝やっと咲いたの。遅咲きだからなかなか咲かないって聞いてたけど、本当に咲くのかしらって——」

「き、聞いたって、誰に？」

「あれを植えた、フラワーパークの方によ。町の緑化運動だとかで、花壇の空いたスペースにお花を植えさせてくれって、苗を持ってきたの。支柱もわざわざ立ててくれてね」

「その人って、細身の男前？」

「ええ、そう！」

あんなハンサムに頼まれちゃ嫌とは言えないわよね、ともう六十歳を過ぎているだろう奥さんが、夢見る乙女に戻ったようにうっとりと微笑んだ。

そんな奥さんに一言お礼を言ってから、渉は後ろも見ないで駆けだした。


息を切らしてたどり着いた場所に、見慣れたはずの霧谷の家が、あるけど、ない。

渉の目の前にあるのは、緑の蔓と青い花に屋根まで覆われた家らしきもの。

「……ヘブンリーブルー……ホントに、天国みたいだ」

大家さんの花壇ではまだ一輪しか咲いていなかったのに、ここでは『天上の青』と呼ばれるにふさわしい美しい青い花が、家を飲み込んでいた。

渉はすぐさまスケッチブックを取り出し、生け垣に立てかけてスケッチを始める。

空から落ちた雫《しずく》が花になり、空へ帰ろうと蔓を伸ばしている——そんなイメージで色鉛筆を走らせる。

口元に差し出されるおにぎりを頬張りながら、渉は手を止めることなく描き続けた。

目の前のおにぎりをもくもくと頬張って噛みしめ、最後の一口をゴクンと飲み込むと、ぼろっと涙がこぼれた。

「渉？　喉をつめたか？」

肩を掴んで心配げにのぞき込んでくるその顔は――。

「きり、や、だ……霧谷だ！　霧谷ー！」

「……やっと気が付いたのか。おまえは、本当に……」

仕方がない奴だと呆れた声で、だけど優しく頭を抱き寄せてくれる霧谷の胸にスケッチブックを放り出してしがみつく。

「霧谷だ、霧谷だ、霧谷だ」

頭の中がそれだけでいっぱいで、他の言葉が出てこない。ひたすらぎゅうぎゅうと抱き付いて、霧谷の白いシャツを握りしめる。

「ああ……そうだ。俺だ。……渉」

霧谷は愛《いと》しそうに名前を呼んで、頭を撫でてくれる。まるで自分が猫になったみたいな気分になり、渉は霧谷の胸に頭を擦り付けた。

「ほら、家へ帰るぞ」

ぐしぐしと洟《はな》をすする渉を小脇に抱え、落ちたスケッチブックまで拾う霧谷は律儀《りちぎ》だなんて思いながら、一緒に裏木戸をくぐった。

ヘブンリーブルーのカーテンをかき分けて、ようやく縁側にたどりつくと、縁側に座る渉に向かって、奥から「ナァナァ」と聞き慣れた声が近付いてくる。

「シロクロ！」

白黒猫はせわしく鳴きながら、ぴんとしっぽを立てて軽やかな足取りで一直線に走ってきた。

「何？　おまえって、犬みたいだな」

渉は靴を脱ぐのももどかしく、上半身を縁側に倒して自分に擦り寄る白黒猫を抱きしめて頬ずりする。

「ただいま。シロクロー。ん？」

背後にも柔らかな何かがそっと触れて、離れていったのを感じた。茶虎猫が来てくれたのかと思ったが、振り返ると見えた後ろ姿は、サバ猫だった。

サバ猫は振り返りもせずに歩み去って行くが、滑らかな質感の余韻は、はっきりと背中に残っている。

「今、サバが！　俺の背中にすりっと一回だけだけど、擦り寄っていった！」

「ああ、見ていた。サバも、おまえが帰ってきてくれて嬉しいんだろう」

薄情にも、茶虎猫だけが座敷の座布団の上で腹を出して寝そべっていたが、それもいつもの茶虎猫らしくて、霧谷の家に帰ってきたんだと実感できた。

ヘブンリーブルーのカーテンを、縁側に座って内側から見るのもなかなか趣《おもむき》があっていい。

霧谷と二人並んで座り、膝の上には白黒猫がいる。

ちらりと横目で霧谷を見れば、霧谷もこちらを見ていて、どちらともなくなんだか照れた笑いが漏れる。

「ずいぶん痩《や》せたな」

「絵を描いてた間ずっと、胃が痛くてあまり食べられなかったから。だけど、安川さんが美味しい差し入れを持ってきてくれたおかげで、このくらいですんだんだよ」

「美味《うま》かったか？」

「うん！　だけどね、霧谷のご飯の方が美味しいと思った……んだけど……」

だけど、霧谷の味にも似ていた。そう言う前に、何やら言いたいような言いたくないような、複雑な表情を浮かべた霧谷を、何度か瞬《まばた》きしつつ見つめる。

「もしかして……あれを作ってたのって、霧谷？」

「一応、バレないようにいつもと味付けや食材を変えていたんだが、普段の方がよかったか」

「どうしてそんなこと……」

「俺からの差し入れだと分かったら、食べてもらえないだろうと思って」

「なんで？」

「なんでって……嫌じゃないか？　自分にあんな……乱暴なことをした男の料理なんて」

あの後、霧谷は渉が心配だけれど自分が行っても渉を怖がらせるだけかもと、自分の代わりに安川に渉の世話を頼んだのだ。

そう言われて、あの日の出来事が渉の頭の中を駆け抜けて、顔がぼわっと一気に熱くなる。

「あ、れは……その……本気でいやだったわけじゃ、ない、から……なのに、霧谷だけ悪者にしちゃって、ごめん」

「渉……謝らないでくれ。あれは俺が悪かったんだ。おまえに『出て行く』と言われて頭に血が上って……どんなことをしてでもおまえを手に入れたくて……暴走した」

「……それはどうだか。その割には、簡単に帰してくれたよね？」

翌朝、引き留めてくれなかった恨みをちくりと刺せば、霧谷は反省していたから渉の好きにさせただけだと反論される。

「渉に拒否されて、目が覚めたんだ。身体だけ手に入れたって意味がないと。あんなことをする前に気が付けばよかったんだが……あのときは本当に悪かった」

「俺も、霧谷にあの仕事が嫌だった本当の理由をちゃんと話さなくって、悪かった。ごめんね」

「本当の、理由？」

理由を話せば、また子供っぽいと呆れられるだろうと思うと、じっと見つめてくる霧谷の目から顔をそらしてしまう。

だけどやっぱり聞いて欲しくて、白黒猫の背中を撫でながら話し始めた。

「俺が妙さんを好きだった理由はね……何となく彼女が……お母さんに似てたからなんだよね」

「母親と彼女を、重ねて見ていたのか」

明るくて、頑張り屋で虫が苦手——渉の母親もそうだった。そんな自分の母親に似た妙が、作中で生き生きとしている姿を描けるのが楽しかった。

なのに、彼女も死んでしまうなんて。

「刀利先生から、次の巻で妙さんが殺される展開になるって聞いたときに……お母さんが死んだ日のことを思い出したんだ……」

涙がこぼれそうになったのを堪《こら》えて顔を上げると、頭を撫でてくれる。その霧谷の手の温かさに促《うなが》されて、話を続ける。

「俺さ……変に一部の記憶力がいいんだよね。映像記憶に偏ってるんだけど、すごく印象に残った出来事は、昨日のことみたいに思い出せる。って言うか、追体験するみたいな感じ。その時の、感情もセットで蘇《よみがえ》るんだ」

今も、こうして話していると脳内で映像が再生され始めるのは、これまで生きてきた中で一番辛かった日の記憶。

それは、よく晴れた春の日。普段と何も変わらない一日のはずだった。

「お母さんは、俺が出かける前は全然普通で、元気だったんだ。それが……」

学校から帰ったら、テレビがついているのにリビングに母親の姿がなくて、キッチンへ向かうとその床に、白地に淡いピンクのチューリップ柄のスカートが落ちていた。

どうしてこんなところにスカートが？　と思ったその一瞬後に、母親が倒れていると理解した。

冷たく青ざめた顔からは、子供でも一目で分かるほどに死を感じ取れた。怖くなった渉は、母親が仲良くしていた隣の家へ助けを求めに走った。

救急車にパトカーまで来て、救急隊や警察の人にいろいろと質問をされた気がするのだが、その会話は覚えていない。渉はひたすら隣のおばさんにしがみつき、おばさんが代わりに答えていてくれたようだった。

父親も職場から帰ってきていたはずなのだけれど、何をしていたのか見ていない。

自宅で人が亡くなると、病死に見えても家族は警察の事情聴取を受けるそうなので、きっとそんなことに時間を取られていたのだろう。

そうしてその日から、渉の世界は一変した。

「朝、起こしてもらって、ダイニングに行ったらご飯ができてて、冷蔵庫を開けたら牛乳がある。そんな当たり前だと思ってた日常の全部が……全部が、一度になくなって……」

もう成人したいい大人なんだから、いい加減振り切らなければいけないと分かっているのに、あの日のことを思い出すと、心はあの当時の子供だった自分に戻ってしまう。

辛かった、寂しかった、怖かった——だけど誰にもすがれなくてため込んだ気持ちは、ずっと心の中で澱《おり》のように濁ったものとして残っていた。

その存在が思い出されるたびに、攪拌《かくはん》されて心のすべてを濁らせる。

「そういうの……思い出すのが……嫌で、逃げちゃった」

いい年をして、こんな過去のことを思い出すのが辛くて仕事から逃げたなんて、誰にも知られたくなかった。

呆れて嫌われるかもと思ったが、恐る恐る霧谷の顔を窺うと、優しい笑みを返してくれる。

「逃げることが悪いとは思わない。詳しい事情も知らずに、ただのわがまま扱いして悪かった」

「俺の方こそ。言っていなかったことを知らないのは当たり前なのに、分かってくれないなんてすねて……ごめん」

それに、辛かったけれどやり遂げられたことは、自信に繋がった。

これからは、どんな仕事でも逃げずにぶつかっていこうと思えるようになった。

きっと、その方が母親も喜んでくれるはず。

そう考えたら、まっすぐに顔を上げることができた。

「霧谷が背中を押してくれてよかったよ」

晴れ晴れとした気持ちで見つめれば、霧谷の方は表情を曇らせる。

「おまえにはえらそうに言ったが、俺も逃げたことがあるんだ」

「霧谷が？　何から逃げたの？」

「すべてだ」

すべてとはどういう意味か。首をかしげると、霧谷は渉の頬をそっと撫でてから話し始めた。

「俺の家は、とにかく落ち着けない場所だった。家事をするお手伝いに、親父《おやじ》の秘書、母のスタイリスト――」

「スタイリストって？」

「母は当時モデルをしていてね。美容とファッションに常に気を遣っていたんだ。他にも姉と兄と俺、それぞれに家庭教師も付いていた。だからとにかく家の中にはいつも誰かがいて、ちょっと庭へ出ようにも『どちらへお出かけで？　お帰りは何時に？　お車をお出ししますか？』――質問責めで、部屋を出る気すらなくして、学校から帰れば部屋に閉じこもっていた」

「なんか、俺たちってまるきり正反対だね」

独りぼっちだった自分と、干渉されすぎた霧谷と。

まるきり違う自分たちが、こうして一緒にいることが不思議だった。

「だから、高校は親が選んだ進学校へ行くのを条件に、中学を卒業してすぐ、この家に転がり込んだ。通学に電車で一時間半かかって大変だったが、それも苦にならないほどここの暮らしはのびのびできて、自分に合っていた」

両親や兄姉は、人を使う立場に何の違和感も覚えないタイプだったが、霧谷は何でも自分でやりたかった。

祖父も霧谷と同じく、干渉されるのが嫌いな人だった。

だからここでは食事以外は互いに好きに過ごす生活だったが、どちらも花が好きだったので、一緒に花の世話をして過ごすことが多かった。

ここに来て、霧谷は初めて自分らしく生きられるようになったのだ。

「俺はずっと、庭師が作った美しい庭よりも、自分が種から花を育てられる庭が欲しかったんだ」

「霧谷ってば、根っからのフラワーキングだったんだね」

「霧谷製薬は、薬草の栽培と販売から身を起こした会社だから、俺の方が血筋として正しい」

栽培好きは霧谷家の遺伝だ、と自己の正当性を主張する霧谷はなんだか子供っぽくて可愛くて。

意外な霧谷が見られて、しかもそんな霧谷を見たことがあるのは自分だけじゃないかと思うと、心の奥が温かくなる。

熱気球みたいに浮かび上がっちゃうんじゃないか、なんて馬鹿げた妄想が湧くほど嬉しい。

本当に舞い上がってしまわないよう、渉は隣に座る霧谷の腕にぎゅっとしがみつく。

身体ごと霧谷の方に傾いたので、膝の上に座っていた白黒猫が、迷惑そうに床へ降りた。

霧谷と二人寄り添って、縁側から空を見上げれば、青と緑の合間からゆらゆらと差す光に、水底にいる気分になる。

ヘブンリーブルーカーテンの、内側にいる人にしか見られない光景を見せてくれた霧谷の顔を見上げた。

「俺が出ていってから一ヵ月ほどしか経ってないのに、ヘブンリーブルーってこんなに早く茂るものなの？」

「種から蒔《ま》いたんじゃ間に合わないから、こいつを栽培している知り合いに無理を言って、ある程度育ったものをわけてもらって、足りない部分は挿し芽で増やした」

ヘブンリーブルーに限らず、朝顔は余分な蔓を切り取ることで花が付きやすくなる。さらに切った蔓も土にさして根付かせれば、増やすことができる。

霧谷は花の特性を熟知した上で、努力を重ねて作り上げたのだ。

「アパートのは、どうして一輪しか咲いてないの？」

「あの花壇は、近くに外灯があって夜も明るいから、日が短くなってから咲く性質のある朝顔には向かない場所だったんだ。だが少しでも咲いてくれれば、おまえが喜ぶんじゃないかと思って、植えさせてもらった」

「霧谷……すごく、すごく嬉しかった！」

自分がいない間、霧谷は他の女の人でも引っ張り込んでいるんじゃないかなんて心配していたのに、ちゃんと自分のことを想ってくれていた。

嬉しくって嬉しくって、しがみついていた霧谷の腕にさらにくっついて胸に頭を預けた。霧谷も、喜んでくれてよかったと、渉の好きなとびきりの笑顔で渉の髪を撫でてくれる。

「でも、霧谷は好きな花しか育てないって言ってたのに、どういう心境の変化があったの？」

『行儀が悪い』なんて嫌っていたヘブンリーブルーを、ここまでに育て上げるなんて。

訊ねる渉に、霧谷はそれを訊くのかと苦笑いした。

「おまえがこの花を好きだと言ったから……ヘブンリーブルーでできた家が見たかったんだろ？　誰かのために花を咲かせようと思ったのは、これが初めてだ」

「え？　理由、それだけ？」

「それ以上、何がいる。普通の朝顔は肥料をたくさんやれば大きな花が咲くのに、ヘブンリーブルーは肥料が多いと、蔓ばかり伸びて花を咲かせない。そんなところがおまえに似ていると思えて、こいつを育てるのはなかなかおもしろかったよ」

「……それって、無駄飯食いってこと？」

肥料を食っても花を咲かさないなんて、花として駄目だろうと思ったが、霧谷はそういう意味じゃないと笑う。

「飯だけ食わせていても駄目で、ちゃんと様子を見て適切に世話をしてやらないといけない。そういうところが、根は単純じゃないおまえみたいで――。おまえをかまえない寂しさを、この花が慰めてくれた。それに、これを見たときにおまえがどんな顔をするだろうと、想像するのも楽しかったしな」

「どうして……」

何故そこまでしてくれるのか。

もしかして、と期待する答えを思うだけで動悸《どうき》が激しくなる。

答えを聞いたら心臓が止まっちゃいそうな気もするけど、それでも聞きたい。

緊張で喉がふさがったみたいに声が出なくて、じっと見つめることで問いかけると、霧谷は今まで見たことないほど決まり悪げに苦笑いをしてから、真顔になった。

「おまえを愛してるから戻ってきてくれ、なんて素直に言える性格じゃないからだ」

だから花を餌におびき寄せた、と破顔する霧谷の腕を掴み、おでこがくっつくほど至近距離までにじり寄る。

「あ、愛、して、るって……ホント？　俺の、どの辺をどう愛してるわけ？」

自慢じゃないが、絵が上手いということ以外で霧谷の役に立てていない。むしろわがままで迷惑をいっぱいかけた。

そんな自分を、どうして愛してくれるのか。

必死に訊ねる渉に、霧谷もどうしてだろうな、と首をかしげる。

「霧谷！　ちゃんと答えてよ」

「下ネタ好きで、大飯ぐらいで、落ち着きがなくて、わがままで――おまえの欠点なら百でも言える。だがそれでも俺は、おまえに側にいてほしい。この気持ちは、愛じゃないか？」

全然褒め言葉ではないし、それがどう『愛してる』に繋がるのか分からない。

だけど、霧谷はあくまでも真剣だった。

「俺にとって、この家とフラワーパークは完璧な場所だった。だが、おまえがいなくなってから、何か物足りないと感じるようになった。ここには、俺には、おまえが必要なんだ」

「俺、ここにいてもいいの？　ここに置いてくれるなら、一所懸命働くよ！　料理も教えて？　ちゃんと覚える。霧谷の役に立つから！」

「役になんて立たなくてもいい」

「そんな！　最近は料理だってちょっとはできるようになったし――」

必死にまくしたてる渉を、霧谷は手慣れた様子で頭を撫でて、深呼吸して落ち着けと諭してくれる。

「そんなことより、俺のことを好きになってくれないか？　フラワーキングの嫁ではなく、霧谷蒼真の嫁になってほしい」

「あ……す、好き！　霧谷のこと大好き！　霧谷の嫁がいい！」

でも本当は霧谷が嫁の方がいいけど、と続ければおでこをこつんと叩かれた。

「どっちが嫁でも、二人でここにいたい――ああ、もちろん、おまえたちも一緒にね」

『二人でここに』と言った時、絶妙のタイミングで隣に座っていた白黒猫が「ナァ」と抗議するみたいに鳴いたので、忘れてないよと抱っこして膝に乗せる。

「俺、ここにいてもいいって霧谷が言ったの、聞いてたよねー？」

シロクロが証人だからね？　と抱き上げて霧谷の目の前にずいっと突き出せば、霧谷は受け取った白黒猫をぽいと横にのけ、渉を抱き寄せる。

「ここのキングが言っているんだ。信用しろ」

「うん。信じる」

霧谷の薄く見えても筋肉質な胸に頭を預ければ、頬に手を添えた霧谷に上向かされる。

「渉……」

ゆっくりと近づいてくる霧谷の顔。その後には彼の咲かせたヘブンリーブルーがあって。

目を閉じるのがもったいないほど美しい光景に、思わず涙がこぼれた。

「渉？」

軽く口付けただけで、渉の涙に気付いた霧谷はすぐに切り上げて気遣わしげに渉を見つめる。

その眼差しが嬉しいけれど、せっかくのキスがすぐに終わってしまってもったいないことをしちゃったなと思う。

「ん……なんか、帰ってきたんだなーとか、幸せだなーとか思っちゃったら、なんかね！」

霧谷の胸にもたれて、改めてヘブンリーブルーを見上げる。

「……なんだか、天国にいるみたいに幸せな気分」

『天上の青』に囲まれて花の王様にキスされるなんて、これ以上の幸せはない。

そう思った渉だったが、霧谷はそうでもなかったようだ。

「……俺は、物足りない」

「え？　っと？　わっ！」

「本物の天国は、これからだ」

横抱きに抱え上げられ頬にキスされて、ようやく意味が分かった。

ベタなセリフだなーなんてちょっと呆れて霧谷を見れば、本人としてもそう思ったのか、苦笑いに照れが見えて可愛く感じる。

「天国に連れてってよ」

可愛い霧谷なんて知っているのは、絶対に自分だけ——。確信を胸に、渉も霧谷の肩に腕を回してしがみついた。

霧谷の部屋へたどり着くと、今日はベッドの上に寝かされる。

「前は、ソファなんかで悪かった。……抑えが利かなかったんだ」

初めての相手にあんなにがっつくなんて、と恥じ入った様子だったが、それだけ求められたのだと思えば嬉しい。

「俺は、霧谷とならどこでもいいよ」

両手を霧谷の肩に回して自分の胸に抱き寄せると、霧谷はシャツの上から手のひらで胸を撫で、微かな突起を探し当てて指先で強めにぐりぐりと押す。

「んにゃっ！」

急に来た強い刺激に思わずマヌケな声が出て、手で口を覆う。だけどしっかりと聞こえていたのだろう霧谷は、胸元から視線をあげる。

「猫みたいな声だな――と言ったら猫に失礼か？」

楽しそうな口調の霧谷にむくれて口を尖らせれば、霧谷は目を細めて笑った。

ここは猫らしく抗議してやろう。頭に腕を回して抱き寄せ、耳たぶに噛み付く。

「こらっ、渉！　――っ」

噛み付いた後は、毛繕《けづくろ》いよろしくぺろぺろ舐めると、霧谷の身体がびくりと強張り、いい反撃ができたと得意になる。

舌に感じる微かな汗の味に、霧谷を食べている気分になって妙に興奮する。

「霧谷……美味しい」

「おまえの方が、もっと美味い」

渉の言葉に挑発されたのか、霧谷は性急に渉のシャツをたくし上げ、むき出しの乳首にむしゃぶりつく。

乳輪を舌で丸くなぞり、中心部を執拗に吸われると、ふにふにしていた突起が充血してくる。

霧谷は、硬くなった乳首を舌で押し込み、唇で吸い上げて、歯を立てる。

どれも決して強い刺激ではないけれど、繰り返されるうちに胸の奥から熱がわき上がってくるみたいに、じわりと身体が火照ってくる。

「ん、んっ……霧谷ぁ……」

「渉」

呼びかけると返ってくる、いつもより少し低い声が背中にぞくぞくくる。

普段は涼やかな眼差しまで、雄っぽく熱を帯びて見えた。

「霧谷ってば……普段きれいだけど、こういうときは格好いいね」

「おまえはいつも可愛い」

「可愛いって……何か格好いいときってない？」

「そうだな。絵を描いているときは真剣でひたむきで――可愛いな」

「霧谷の褒め下手《べた》！」

「こういうときはエロ可愛い」

「んっ！」

言うなり、霧谷はまた乳首に吸い付いて歯を立てた。

さらに股間にも手を伸ばし、ズボンの上から圧をかけつつゆっくり撫でる。

執拗に股間を撫でられ、布越しに感じる手の温もりがもどかしくって、渉は自分からズボンのボタンをはずした。

積極的な渉に、霧谷は嬉しそうに微笑む。それが嬉しくて、素直に白状する。

「ひとりんときも……ずっと……霧谷のこと考えてた。頭ん中の九十％は、霧谷だった」

「残りの十％は？」

「猫たちのこととか、仕事とかパークのこと、かな？」

「……結構、いろいろ考えていたんじゃないか」

「でも、霧谷の比率が一番大きかったからね？」

それはどうも、と答えつつも明らかに不機嫌になる霧谷がおかしくて、嬉しい。

「今は、百％霧谷のこと考えてるよ」

霧谷は？　と目線で問いかけると、霧谷は笑顔で答えを返してくれる。

「おまえのことしか考えてない」

「霧谷……もっと、きて。霧谷のこと、もっと欲しい」

「……渉。おまえ、そんなに煽《あお》って……知らないぞ」

喉の奥で唸《うな》るような声を発して瞳を光らせる、霧谷の野性的な仕草にざわっと毛が逆立つほど興奮する。

「やぁだ！　そこ……」

「触られるのは嫌か？」

服も下着もすべて脱がされて、どこもかしこも触られる。

ずきずき脈打っているのが分かるほど熟れきった茎を扱《しご》かれるのは、感じすぎて痛いほどだ。

けれど、嫌じゃない。前はねだってもほとんど触ってくれなかった部分を執拗にいじられると、じんわりと幸せな気持ちが身体にも満ちてくる。

もっともっと、霧谷の肌や熱を全身で感じたい。

「違うっ……そこじゃなくって、先っぽの方、触ってぇ」

もう恥ずかしいなんて感情は吹っ飛んで、ただひたすら霧谷の手で気持ちいいことをしてほしいとねだる。

微かに残る理性で、霧谷はこんな自分をどんな目で見ているかと視線を向けると、目が合った霧谷はあでやかに微笑む。

「分かった。いくらでも触ってやる。ここでいいのか？」

「んっ！　うん……そこぉ……そこ、気持ち、いい！」

霧谷の指が、先っぽのくぼみをくすぐっただけで背中がしなる。足の先まで痺《しび》れるみたいに感じて、気持ちよ過ぎてじんわり涙が浮かぶほどだ。

「さきっぽ……撫でられるの、好き。霧谷の、指で……もっと」

「ああ。もっと触るよ」

嬉しげに答えた霧谷は、左手で茎を握って扱きながら右手で先端だけでなく亀頭全体を包み込んで擦る。

「はっ……あんっ、あっ、ああ……んっ」

「気持ちいいか？」

「うん……もっと、もっとして！」

両手を霧谷の背中に回して、すがりつく。

そうしていないとどこかに飛んでいきそうなほどの浮遊感に、身体が小刻みに震える。

「ふぁっ、ん！」

先端から漏れた先走りの雫を追って、霧谷の手が茎の根元から門渡りを伝い、最奥の蕾にまで到達する。

ぬるぬるになった指先は、つぷっと簡単に中にめり込む。

「あっ！」

反射的に首をのけぞらすと、入ってくると思った指を引き抜かれてしまった。

「んえ？　……きり、や？」

どうしてもっとくれないの？　と不満げに見つめる渉のおでこに、霧谷はそっと口付けて口の端を上げる。

「前のとき、痛かったんだろ？　今回は無理をさせたくない」

「無理って……まあ、ちょっとは痛かったけど……霧谷に我慢はさせたくないし、俺も……霧谷が欲しいし」

「あのときは、とにかく早くおまえを俺のものにしたかったんだ。でも今はもう、おまえは俺のものだとちゃんと分かってるから、大丈夫だ」

無理矢理に身体を繋げなくても、心は繋がっている。そう言われるととても嬉しい。嬉しいけれど、物足りない。

「心も身体も、霧谷と一つになりたい」

なんだか恋愛映画のセリフみたいだと思うけれど、それが素直な気持ちだった。

「渉……」

自分から足を広げて、腰を浮かす。

恥ずかしいけれど、こうでもしないと優しい霧谷は来てくれない。だったら、やるしかない。

「霧谷が、欲しいよ」

「渉。分かった。全部、何もかも、おまえのだ」

噛み付くみたいな口付けをしながら、霧谷は渉の左足を抱え込み、二つ折りにした渉の身体にのしかかった。

熱くて硬いものが蕾にぐっと押しつけられて、息をのむ。

そのまま突っ込まれるかと思ったら、霧谷は押しつけたり引いたりするだけで、押し込もうとはしなかった。

「あっ、は……はんっ、やぁ……」

腰を使って何度か繰り返されるうちに、もどかしいくらいゆっくりと少しずつ先端がめり込んでくる。

きつくないよう慣らしてくれていると分かっていても、もどかしくて、一気に入れてくれた方がいいのにと思ってしまう。

「あっ！　霧谷っ！」

「ふぅ……っく」

ぐっとひときわ強く押しつけられると、ようやくカリの部分まで飲み込めたのを感じた。

その刺激に、霧谷も快楽を含んだ吐息を吐く。

自分の身体が霧谷にそんな声を出させたなんて、嬉しくって霧谷の背中に回した腕により力を込めて抱き付いた。

「きり……やっ、あ！　あんっ、あ……あっ！」

張り出したカリを、窄まりに引っかけるみたいに小刻みに出し入れされると、その動きに合わせて身体がびくつき、少しもじっとしていられないし、声も我慢できなくなる。

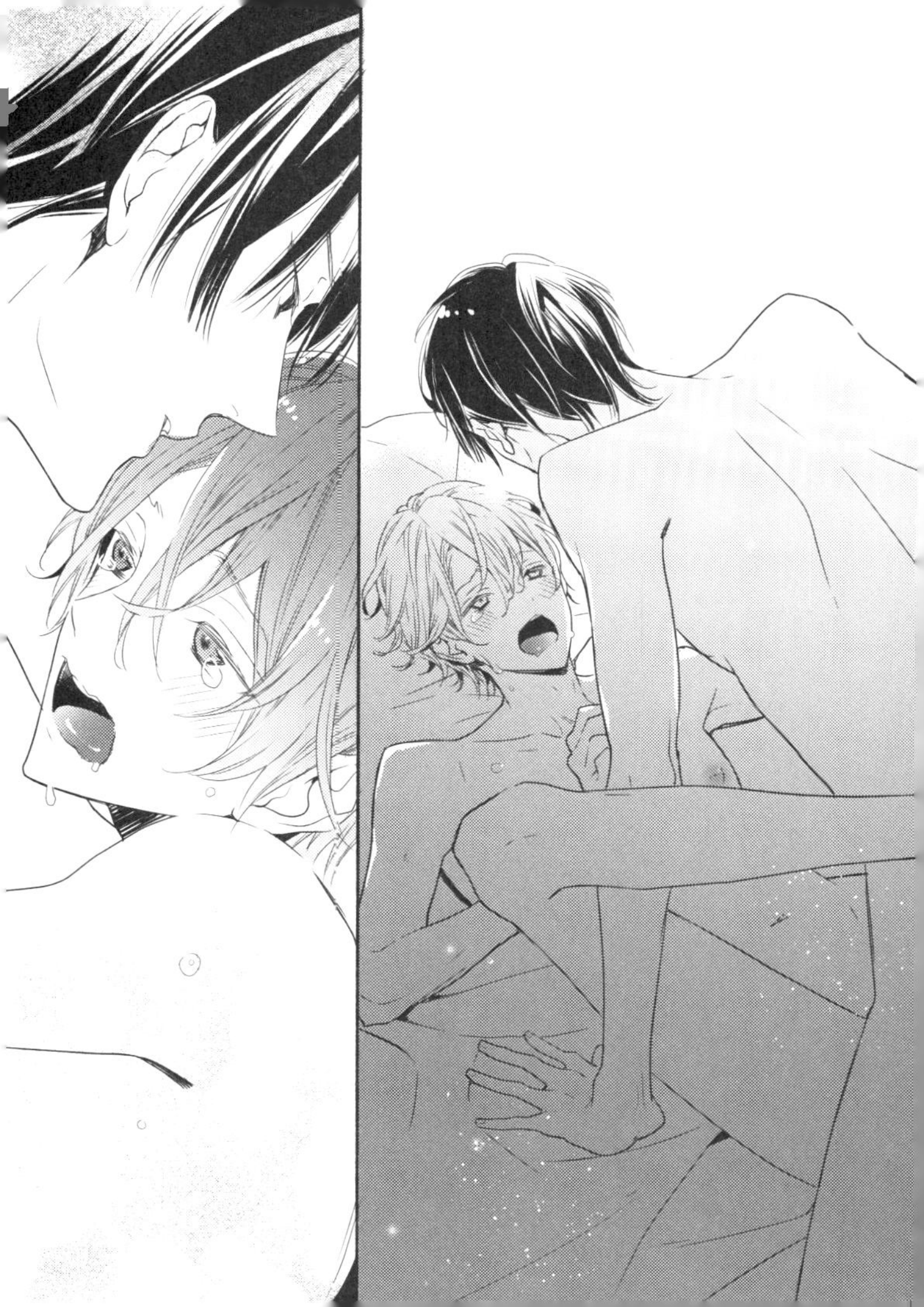

気持ちよくてよくて——だけど、これじゃ駄目だ。

「やっ、や！　あっ、あぁんっ！　それ、あっ、それ……だ、めぇ！」

「……それって？」

「あ……浅い、とこ……やぁ……う、あんっ！」

「そんなによさそうな声で言われても、説得力がないぞ？」

どういう意味か考え込んでいるのか、困惑した様子の霧谷の頬に汗で張り付く髪をそっと梳《す》いて、視線を合わせる。

「だぁ、て……霧谷は、気持ちぃく、ないだろ？　こんな……全然、入ってない、の……。もっと、奥まで入って？」

「渉……」

「霧谷が、気持ちよく、なきゃヤダ。霧谷に、気持ちよくなってほしい」

乱れる息を整え、何とか気持ちを伝えられた。見つめてくる霧谷に微笑めば、霧谷は辛いみたいに眉根を寄せた顔で笑って、大きく息を吐く。

「きり、や？」

「すまない……もう、無理だ」

「え？　なっ——んっ！」

何が無理なのか。訊ねる前に分かった。

いきなり奥まで熱くて硬い霧谷のものが入ってきて、息がつまる。

「あっ、あっ、あ、ふっ、あっ！」

「渉……渉！」

そのまま激しく打ち付けられて、目の前がちかちかして、ひっきりなしに声が出る。のしかかってくる霧谷の身体の熱さも重さも、何倍にもなったみたいで、突かれる度に内臓が口から出ちゃうんじゃないかと思うくらい、苦しくて苦しくて――それでも渉は、霧谷が自分から離れていかないよう、強く抱きしめた。

「わた、る……」

どれくらい熱情を打ち付けられたか。軽く意識が飛んでいたのを、動きを止めた霧谷に呼び戻される。

「渉、大丈夫、か？」

息を弾ませ、乱れた髪の霧谷にのしかかられて、大丈夫なわけがない。

嬉しすぎて、死にそうだ。

「霧谷……大好き……今、俺の中、百二十%、霧谷だ……」

「渉。ここに……俺が入ってるのが、分かるのか」

「……んっ」

下腹部をぐっと押さえられると、より中の霧谷の存在を感じる。苦しいけれど、痛みより愉悦を感じる。

心も身体も、全部で繋がれて、満足で、幸せで――。

「霧谷……もっと、もっと、ちょうだい」

「くっ――渉！」

足を背中に絡めて引き寄せれば、霧谷は望み通りにさらに強く深くまで穿《うが》って、胴震いした。

お腹の中に、さっきまでと違う熱さを感じて、霧谷が自分の中で達するほど気持ちよくなってくれたと知って、渉も身震いする。

「あっあ……んうっ！」

ぴりぴりと電流が走ったみたいな先端を霧谷に擦られて、渉も霧谷の手の中に欲情を吐き出した。


繋がりをとかれても、霧谷の胸に頭を預けてぐったりとしたままの渉の頬にかかる髪を、霧谷は優しく梳きながら気遣ってくれる。

「大丈夫か？　……痛かっただろ？」

途中から、また余裕をなくしたと反省する霧谷に、渉は頭をもたげて笑顔を見せる。

「まだ何か入ってるみたいな違和感があるけど、大丈夫。……ねえ、霧谷のチンコ、ちゃんとそっちに付いてる？」

「……心配しなくても、取り外し不可能な仕様になっている」

「ホントに？」

「こらっ！　渉！」

ありえないとは分かっているが、本当に何かが入ってるみたいな感じがするのだ。

視覚的に見て納得したくなった渉は布団をめくり、まだ裸のままの霧谷の股間を確かめ、硬直した。

「……俺、すごい」

「何がだ？」

「……こんなにでっかいの入るとか、俺のケツ、すごくない？」

「まあ、そうだな。……その、悪かった」

渉としては純粋に感動したのだが、霧谷は大きさを嫌がられたと思ったのか謝ってくるので、慌てて誤解を解く。

「謝んなくていいよ。ただ愛の奇跡を見た気がしただけだから」

「……何？」

「だって、入ってる間、痛かったけど、嫌じゃなかったし、嬉しかったし、気持ちよかった。これって愛だよね。ねぇ、霧谷は？　ちゃんと気持ちよかった？」

霧谷を全身どころか中にまで感じて、蕩《とろ》けるほどに幸せだった。

痛みすら消し去るほどの幸福感なんて、今まで味わったこともない。霧谷とだから感じられたのだと思うと、嬉しかった。

喜びのままに微笑めば、霧谷も同じように微笑みを返してくれる。

「俺も、すごく気持ちよかったし……愛を感じたよ」

「よかったー。俺だけ気持ちよかったんだったら嫌だもんね。だって、俺は霧谷の嫁なのに――んっ」

笑顔の霧谷に、何故か唇で言葉を遮られて、気持ちはいいんだけど皮肉の一つも言いたくなる。

「霧谷も結構、人の話を聞かないよね？」

「おまえの癖が移ったんだ」

「言ったな！」

またも小憎《こにく》らしいことを言い出したキングの唇を、今度は渉の方からふさいだ。


――朝、目覚めると目の前にきれいなキングが寝てるってすごい。

これは夢じゃないと確かめたくて頬に触れると、霧谷はすっと目を開いた。

「ねえ、霧谷。お腹――」

「腹減った。だろ？　朝飯を作ってきてやるから、待ってろ」

霧谷は微睡《まどろ》んでいただけで目は覚めていたようだ。まだ寝ぼけ眼《まなこ》の渉と違い、すっきりと起き上がる。

だが昨夜は、夕飯に霧谷のいつものオムライスを作ってもらった後は、また二人で布団の中で触りあったりキスしたり、と遅くまでじゃれ合っていた。

霧谷だってまだ眠いはず。

「俺も手伝う！　っと……」

起き上がろうとしたが、身体にうまく力が入らない。かくんと肘《ひじ》から崩れ落ちかけたところを霧谷に支えられ、再び寝かしつけられる。

「いいから寝ていろ」

「でもっ、霧谷だって、疲れてるだろ」

「俺はおまえほど疲れていない」

「……それって、経験値の差ってこと？」

童貞をからかわれたと感じてむっとするが、それに気付いた霧谷は、そうじゃないと慌てて否定してくる。

「違う！　おまえの方が、身体に負担がかかる役割だっただろ」

「それは、つまり……ああ、うん。そうかも。だけど、ホントに霧谷はどっこも痛くない？　大丈夫？　パンがあったら、焼かずにそのまんまバターと砂糖のっけて食べるから、何にもしなくていいよ」

この際、お腹に入れば何でもいいからと訴えると、霧谷は片手で顔を覆って俯く。

驚いた渉は怠《だる》い身体を気力で起こし、霧谷の顔をのぞき込む。

「霧谷？　やっぱり具合悪い？　頭が痛い？　大丈夫？」

「……おまえが可愛すぎて、頭が痛い」

心配しているのに茶化されて腹が立ったが、霧谷は頼むから横になっていろと渉の頭にそっと手を添えて寝かしつけ、おでこにキスをしてくれた。

「さすが、女ったらしだね。いつも女の人にこんなふうだったの？」

ベタな行動だが、ときめく。頬が熱くなるのを、布団を顔まで引き上げて軽口を叩いてごまかした。

「心外だな。女性と朝を迎えたことはない」

「うーそだーぁ。俺も男だ。過去は問わないから、嘘吐かなくっていいよ。って言うか、嘘は吐いてほしくない」

こんなにお金持ちで顔もいい霧谷がモテないはずはないし、実際にセフレの一人と会っているのだ。今更、変に気を遣われる方が嫌だ。

怒らないとは約束できないけれど、取り繕わず本当のことを言ってほしいと頼む渉に、霧谷は少し困った表情で首を傾けた。

「そう言われても、本当なんだ。この家に女性を連れ込んだことはないし、朝の花の世話に支障が出るから、ホテルにも泊まったことはない」

「あー……つまり、することだけして帰ってたの？」

「他にすることもないから、泊まる意味なんてないだろ」

することがすんだら後は用なしと言わんばかりの言葉に、背筋がひやっと寒くなる。

自分がそんなことを言われたら、どん底まで落ち込みそうだ。

想像しただけで軽く落ち込んだ渉に気付いたのか、霧谷は渉を大事なものを扱う時みたいに、布団の上から渉をそっと抱きしめた。

「こんなふうに、朝まで離れがたいと思ったのはおまえだけだ」

「うっひゃー！　霧谷ってば、ホントにたらしだーっ」

どん底の気分も一言でひっくり返して天上まで舞い上がらせる霧谷に、渉は本気で感心して目を見開いた。

だが霧谷は嫌味と受け取ったようで、むっとした表情でそっぽを向く。

「……悪かったな」

「悪くないよ。すごくときめいちゃったし、嬉しい」

むくれた霧谷の頬を、両手で挟んで自分の方に向け、軽く口付ける。そのまま至近距離で見つめれば、霧谷はふっと笑顔を浮かべてから、真顔になる。

「おまえ……離さないと朝飯抜きだぞ」

「ええっ？　何で怒るのー？」

「いや、怒ったわけじゃなく……朝になったがまだ離れがたい、ということだ」

起き上がるはずだった霧谷にのしかかられ、布団に組み敷かれる。

「え？　あれ？　霧谷？　も、もう朝だよ？　水やりとか、草むしりとかっ、俺のご飯とかは？」

「後だ」

「何の？　んぁっ！　ちょっ、駄目！」

もう無理だからね？　と説得を試みるが、霧谷はすでに行動を開始していて、胸の小さな突起を人差し指の腹で転がし始める。

「入れないよ。ちょっと気持ちのいいことをするだけだ」

「そっかー、それなら……って、ホントにするの？　霧谷？　もう、くすぐったっ……ちょっ、お腹空いたってばー！」

渉の魂の叫びは、霧谷の情熱に及ばず、渉は朝食前に美味しくいただかれることとなった。

フラワーパークに温室はつきものと思うが、霧谷はあまり熱帯植物にはそそられない。

なので、管理は熱帯好きの伊藤《いとう》に任せていた。

しかし渉は熱帯植物も好きなようで、休園日に温室でのデートをねだられた。

渉はアパートを引き払い、霧谷の家で暮らし始めた。

表向きはこれまで通りの居候《いそうろう》だが、名実ともに『嫁』となった渉は、これまで以上に素直に甘えてくるようになって、それが嬉しい。

「この山の上に登ってみたかったんだよね」

温室は中央に滝のしかけられた山があるが、渉はその頂《いただき》がどうなっているのか気になっていたようだ。

「苔《こけ》の生えてない石があるだろう？　その部分が通路だ」

山の途中にも植物が植えられているので、その世話と滝の水をくみ上げているポンプのメンテナンスのため、山の上まで行けるようにしてある。

しかし、普通の階段が付いていては興ざめなので、上までの通路は岩にカモフラージュされていた。

滑りやすいから気を付けろ、と渉の手を取ってエスコートしながら頂上を目指す。

とはいえ、五メートルほどの山だ。すぐに登頂できてしまう。

「んーっ、登頂成功ーっ！」

ほんの数分の登山だったが、渉は楽しかったようで、大きく背伸びをして下界を見下ろす。

これまで下から見上げていたヤシの葉がすぐ横にあり、眼下では深い緑色の葉の間に、赤色や黄色やオレンジ色の鮮やかな花が混ざる。

温室中央の山からの景色は、一般の来園者が見ることはない。

そんな光景を堪能《たんのう》した渉は、満足げなため息を吐く。

「どこでも出入り自由って、フラワーキングの嫁の特権だよね」

正直なところ『フラワーキング』なんてふざけた呼び名は全力で遠慮したいのだが、渉が楽しそうなので拒否できない。

好奇心でいっぱいの大きな目に、明るい笑顔。なのに閨《ねや》で見せる痴態《ちたい》は艶《つや》っぽくて、目が離せない。

今も、目を細めてガラス越しの青空を見上げる渉の首筋や横顔なんて、何でもないものにそそられる。

「こうしてるとさ、世界に二人きりしかいない気分」

「ああ……いい気分だ」

「ん……え？　ちょっ、霧谷！」

無自覚なのだろうが、「二人きり」なんて言葉は誘い文句としか受け取れない。

後から抱きしめて渉の髪に顔を埋《うず》めれば、柔らかな髪の感覚が頬に心地よく、シャンプーの香りが鼻腔《びこう》をくすぐる。

自分も同じシャンプーを使っているのに、渉の髪から香ってくると何故か格別に感じる。深く深呼吸して、温室内の濃厚な酸素と共に肺いっぱいに吸い込めば、身体の芯まで幸せが染み渡る。

だけどもっと幸せを感じたくて、渉の耳たぶを甘噛みする。

「ここには二人しかいないんだから……構わないだろう？」

「やっ、でも！　ガラス張りってのは……ちょっと……」

「今日は休園日だから誰も来ないし、温室の入り口には鍵をかけてある」

外からも見える温室内での行為に戸惑う渉を腕の中に閉じ込めて、首筋に口付ける。

くすぐったそうに身体を縮こめても、やめろとは言わない渉も、結構自分を甘やかしてくれていると思えて嬉しい。

向き合って口付けながら、シャツをたくし上げて直接素肌に触れれば、渉はびくりと身体を震わせる。

「渉……」

「んぅっ……霧谷ぁ……」

敏感で、肉付きも戻ってぐっと抱き心地が増した身体をまさぐれば、渉は熱い吐息混じりの声を漏らす。

「ん……ねえ、霧谷……電話」

「何のことだ？」

「聞こえてるよね？　で、ん、わ！」

ズボンの後ろポケットに入れている携帯電話の着信音なんて聞こえない、とうそぶいてみたが、渉は抱き付いた手で携帯電話をポケットから取り出して顔面に突きつけてきた。

画面に表示された発信者の名前に、出たくない気持ちはいっそう大きくなる。が、うるさいからさっさと出ろという渉のじっとりとした眼差しが痛いので、出ざるを得ない。

「――もしもし。はい……兄さんもお元気そうで」

またも当たり障りのない話題から回りくどくはじめる朱里に、さっさと本題を言ってくださいと催促して話を聞き出す。

「ここ、おまえらのテリトリーなの？　お邪魔してまーす」

耳が苦行に耐えている分、目は癒やされようと渉を見ていると、渉は下の通路を歩く猫に気付いて山を下りていく。

さっきまでの艶っぽさはどこへやら。渉は無邪気に、足元だけ白い黒猫のクツシタとタビ、と名付けた二匹の兄弟猫を相手に遊びだす。

朱里との通話を終えて霧谷も山を下りると、眉間《みけん》にしわを寄せた顔に気付いた渉がにこやかに笑いかけてくる。

「霧谷？　どうしたの？　あ、うらやましいんでしょー。仕方ない、タビは霧谷に貸してあげる」

気遣いはありがたいが、欲しいのはこれじゃない。

白い部分の少ない方の猫を差し出す渉の方を抱き寄せたかったが、これから招かれざる客が来るので、そうもしてはいられない。

「渉。悪いがデートは取りやめだ」

「どうかした？　何の電話だったの？」

「また、兄が訪ねてくるそうだ」

「じゃあ、早く戻らなきゃ！　片付けて掃除して……何かお茶菓子あったかな？」

嫁らしく、かいがいしく兄を迎える準備をしてくれようとする渉の姿に癒やされる。

この幸せを守るためには、乗り越えなければならない山場の一つが来たのだ。

小走りに家路を急ぐ渉の後を追いながら、霧谷は静かに強く闘志を燃やした。

「今日は突然邪魔してすまない。ただ、どうしても早急に確かめたいことがあってね」

仏間で、渉と二人並んで朱里と対峙する。

朱里は、いつか渉との関係に気付き、問いただしに来るだろうとは思っていたが、予想外の早さだった。

渉にも一応、兄が自分たちの関係を確かめに来るつもりだろうと話したので、珍しく少し緊張しているようだ。

朱里に気付かれぬよう、座卓の下でそっと渉の太ももに手をやると、渉は大丈夫とばかりに微笑んだ。

「相変わらず耳が早いですね」

「実は、俺の部下がこの近所に住んでいてな。それで、おかしな噂が出れば報告するよう頼んであったんだ」

人はどうしてこう噂話が好きなのか。

特に隠すつもりもなかったが、言いふらすものでもない関係を面白おかしく噂されているのかと思うと、気分はよくなかった。

「渉くんは、間違いなく男性だね？」

「うん。だけど、霧谷の嫁になっちゃいました」

悪いことをしてるわけじゃないんだからいいでしょ、と堂々と胸を張って答える渉の態度は、嫁という割には男前で、ますます惚《ほ》れる。

「その……今後、女性に戸籍を変える予定もないのかな？」

「ああ……そういう人もいるけど、俺はそのつもりはないです。霧谷は？」

「俺もないよ」

「つまり、おまえたちは男同士で夫婦として生きていく、というわけだな？」

「そうですが、それがどうかしましたか？」

「おまえには、霧谷製薬創始者一族の自覚がないのか？　そんな人間は霧谷家に置いておくわけにはいかない。その男と生きることを取るなら、霧谷の名を捨ててもらいたい」

「はぁ？」

　これが会社の経営第一の姉の桃子が言い出すなら分かるが、朱里がこんなことを言ってくるとは思わなかった。

「ち、ちょっと待って！　何もそんな――」

　意外すぎて言葉を失っていると、渉が話に割って入る。

　朱里は、渉と正面から向き合って目を見据えた。

「当然、蒼真にはここからも出て行ってもらうし、一切の援助はしない。渉くん。そんな男に、君は付いていけるか？」

　渉は、朱里からの問いかけに答えず、霧谷を見つめてくる。

「霧谷……霧谷がこの家とフラワーパークを大切にしてるのは十分分かってる。だけど、もし俺か今の生活かどちらかを選べって言われたら、俺と駆け落ちしてくれる？」

「渉……」

「俺、一所懸命働くから！　イラストの仕事も選《よ》り好みしないで何でも受けて——そうだ、ペンキ塗るのも上手くなったから、外装の仕事なんかも掛け持ちでして……とにかく何でもして、霧谷のこと食べさせていくから！　あ、猫たち！　猫たちも付いてきてくれるかな？」

「落ち着け、渉。駆け落ちなんかしなくていい」

「駆け落ちしてくれないの？」

涙目になる渉を、そうじゃないから落ち着け、と抱きしめて髪を撫でる。

よほど激高《げっこう》しているのか、いつもより体温が上がっている気がするほど熱い渉が愛おしくて、兄がいることなどお構いなしに、渉の頬を両手で包み込んでおでこが付くほど顔を近づける。

「霧谷の家が縁を切ると言うなら、好きにすればいい。俺が持ってる不動産と霧谷製薬の株を売り払えば、俺たち二人が死ぬまで暮らしていけるくらいの金になるから、おまえは何も心配しなくていいんだ」

「簡単に自社株を売ろうとするんじゃない」

呆れた様子で突っ込みを入れてきた朱里に、渉は噛み付きにいきそうな勢いで食ってかかる。

「何だよ！　そっちは霧谷のこと切り捨てようとしたくせに――」

「渉。大丈夫だから、落ち着け。ずいぶんと悪趣味な方法で、俺の嫁を試してくれたものですね」

渉をなだめながら、朱里に鋭い視線を向ける。

朱里がおかしなことを言い出したのは、渉を試したかったからだ。

大金持ちの恋人が無一文になったとき、渉がどんな態度に出るか見たかったのだろう。

霧谷の想像通り、抱き合う二人に向かって朱里は、さっきまでの厳しさを消し去って柔らかく微笑んだ。

「渉くんが、蒼真のことを本当に愛してくれてるのか知りたくてあんなことを言ったんだ。試してすまなかった」

「……それじゃあ、霧谷はここを出て行かなくていいの？」

「この家は、俺の名義になっている」

他の誰かに追い出されるいわれなどないから安心しろと言い聞かせれば、渉はようやく身体の力を抜いてもたれかかってきた。

その渉の肩を――霧谷と猫たちをも背負い込もうとした、細いけれど頼もしい肩をしっかりと抱き寄せる。

「いい人が見付かってよかったよ。おまえはそのうち、花と結婚するんじゃないかと思っていたんだ」

それに比べれば、男だろうと人間を伴侶《はんりょ》に選んだだけましだということらしい。

「おまえたちの関係が世間に知られれば、いろいろと言ってくる奴も出てくるだろう。そうなったら、二人だけで何とかしようとせず、俺に相談してくれ」

「そうですね。では、用件がすんだのでしたら、お引き取りを」

渉の気持ちを改めて聞けたのは嬉しくもあったが、こんな形で愛する人を試されて、笑って許せるほど広い心は持っていない。

とっととこの家から出て行けとばかりに促すと、朱里はため息を吐きながらも大人《おとな》しく立ち上がった。

「そうだ。あのメロンは今日が食べ頃だから、早めに食べてくれ」

「え？　メロン？」

「嫌いじゃないといいんだけれど」

渉がお茶を用意している間に、玄関で手土産にと渡されたメロンを冷蔵庫に入れた。

それを知った渉は、ひしっとくっついていた霧谷から離れて、朱里の元へ駆け寄る。

「好き！　大好き！　ありがとう、朱里お兄ちゃん」

「朱里お兄ちゃんって……」

「霧谷のお兄ちゃんなら、俺にとってもお兄ちゃんでいいんだよね？」

「そうだな。そう思ってくれると嬉しいよ」

喜び全開の笑顔で見つめる渉に、朱里も嬉しそうに目を細めた。

「ホント？　俺、一人っ子だったから、お兄ちゃんが欲しかったんだー」

「そうか……それじゃあ、また来るときはお兄ちゃんがメロンを持ってきてあげよう」

「いいの？　もしかして、朱里お兄ちゃんはフルーツパークをやってるとか？」

「ははは。そうじゃないが、これだけ喜んでもらえるなら、メロンくらい安いものだ」

ついさっき意地の悪い質問で試されたことも忘れたのか、朱里に笑顔を向ける渉の能天気さに頭痛がしそうだ。

深いため息を吐くと、何故か朱里も深刻そうな顔をして、少しいいかと渉を置いて廊下に連れ出される。

「……蒼真。おまえ、あの子にちゃんとご飯を食べさせてやっているのか？」

メロンくらいであんなに喜ぶなんて、普段何を食べさせているんだと真剣に問い詰められてげんなりする。

確かに、渉は「あの子」と言いたくなるほど見た目も言動も幼いが、あれでも一応は成人した社会人だ。

そんな心配は無用です、と薄笑いを浮かべてしまう。

「ちゃんと食べさせています。あいつは単に食い意地が張っていて、食い物をもらうのが大好きなだけです」

「しかし……」

「分かりました。これからは週に一度はメロンを買ってきてやりますから、わざわざお越しいただかなくても結構ですよ」

「そうか。——じゃあ渉くん、メロンの他には何が好きかな？　マンゴーはどうだ？」

廊下から部屋の中をのぞき込んだ朱里は、渉の好物を問う。

「マンゴーも好き！　って言うか、フルーツは大抵好き！」

「そうか。それじゃあ、その時に旬の果物を持ってこよう」

甘えられると力一杯甘やかしてしまうのも、霧谷家の遺伝らしい。

廊下から渉の顔は見えないが、弾んだ声からその表情はうかがい知れる。

自分以外の誰かが渉を喜ばせている事態が歯がゆくて、ぎりぎりと奥歯を噛みしめてしまう。

メロンを持ってこなくていいなら他のフルーツにしようと張り切る兄の姿に、本気で頭痛がしてきた霧谷だった。


朱里が帰ってから、冷蔵庫のメロンを確認して夕飯のデザートにしよう、と無邪気に喜ぶ渉の姿は、可愛いけれど不安にもなる。

愛情に飢えて育った渉は、優しくしてくれる人なら誰にでも懐いて……奪われてしまうのではと疑心暗鬼になってしまう。

「あいつが俺の兄だからといって、気を遣って愛想よくしなくてもいいんだぞ？　あんな酷いことを言われたんだから、もっと怒ってもよかったのに」

「最初はびっくりしたけど、あれも霧谷のことを心配してのことだから、しょうがないよ。俺がお兄ちゃんの立場で、俺みたいなのが弟の嫁って知ったら、絶対に怪しむもん」

「渉……何もそこまで的確に自分を客観視しなくても」

フォローを入れようとしてとどめを刺す霧谷に、渉はけらけらと陽気に笑う。

「朱里お兄ちゃんも、霧谷と一緒でやさしいから好き」

「そうか？　俺はあいつがやさしいなんて思ったことはないが」

実際のところは、八歳年上の姉の桃子は性格がきつく、何度も同じ失敗を繰り返すメイドをさっさとクビにしたりしていたが、朱里はそんなことはなく、メイドにも運転手にも誰に対しても丁寧な口調で――やさしかった。

しかし、そんなことを渉に教えて、自分より朱里の方がいいなんて万が一にも思われては困る。

これ以上朱里の話はしたくなくて黙り込むと、渉は腕組みした霧谷の腕にそっと触れて見上げてくる。

「俺、霧谷のお兄ちゃんを取ったりしないから、心配しなくていいよ？」

「何？」

「お兄ちゃんが俺ばっかり可愛がるから、焼きもち焼いたんでしょー」

「なっ、そんなわけはないだろう！」

焼きもちは焼いたが、それは渉が兄に懐いたことが気にくわなかっただけで、兄が他人を可愛がったからってそれを焼く気はない。

しかし渉は、やっぱり兄弟っていいなー、なんてほのぼのしだす。

「お兄ちゃん、また来てくれるといいね」

「そう、だな……」

二度と来るなという本音は引きつった笑顔の下に隠し、言葉でだけ同意しておいた。


「ねえねえ、霧谷！　俺、二月二十日が誕生日なんだー」

台所にかけてある一月のカレンダーをめくると、渉はうきうきと陽気に二十日の日付を赤丸で囲んだ。

「おまえも二十四歳になるのか」

初めて二人で迎える渉の誕生日に思いをはせれば、これから二人で一緒に年を取っていくのかと『嫁』をもらった実感が湧く。

しみじみと幸せを噛みしめる霧谷の腕に、渉は腕を絡めてしがみついてくる。

「誕生日プレゼント、楽しみにしてるからね！」

「露骨に催促するんだな」

「えへへー。だーって、初めて恋人ってか、嫁からプレゼントをもらえるチャンスなんだよ？　期待しちゃうよ。霧谷の誕生日には、俺も何かプレゼントするから――って、霧谷の誕生日はいつ？」

「八月二十三日だ」

「え？　それって、とっくに過ぎてるじゃない！」

霧谷は別に意識していなかったが、渉は酷くショックを受けたようで、大きな目をさらに見開いて霧谷を見つめる。

その反応が嬉しくて、少しだけいじわるがしたくなった。

「ああ。おまえがいない間に、寂しく過ぎ去ったよ……」

わざとらしく肩を落とせば、渉は眉を下げて胸にすがりついてきた。

「そ、そんなぁ……ご、ごめんね、霧谷！　今年はっ！　今年こそはどーんと派手にお祝いしちゃうからね？」

「ああ。楽しみにしておく」

自分の誕生日など、生家を出てから一度も祝ってもらったことなどないからどうでもよかったのだが、ごめんね、ごめんね、と涙目で必死に謝ってくる渉を見られて得をした気分になった。

これまで気にも留めなかった日が、大事な日に変わっていくのは心地がよいものだ。

自分の誕生日を祝おうとしてくれる可愛い渉の誕生日は、霧谷も盛大に祝ってやりたい。

特別な日になるような、いいプランはないかと考えると、以前から考えていた別のプランを実行に移すのにいい日だと思えた。

「そういえば、俺は前から渉に渡したいと考えていたものがあるんだ。それをあげよう」

「ホントに？　何？　何？」

渉はさっきまでの曇天みたいな表情から、パッと日が差したような明るい表情に変わる。

知ってしまっては楽しみが半減すると思うのだが、誕生日まであと二十日間あるから待ちきれないのだろう。

それを考慮して、霧谷はざっくりと抽象的に答えることにした。

「虫除《むしよ》けだ」

「え？　誕生日プレゼント、に……？」

「何か他に欲しい物があるのか？」

「特にない、けど……」

「そうか。それなら、プレゼントは虫除けでいいな。大事なおまえに変な虫が付くと困るからな」

「あー……うん。虫に刺されると辛いよね。うん！　霧谷ってば思い遣《や》りがあって、ホントに俺には過ぎた嫁だよ！」

特別感がなくプレゼントとしては夢がなさ過ぎる品に不満げだったが、渉はすぐに気を取り直す。

こういう前向きで何でもいい方に考えるのが、渉のいいところだ。

「無駄にならない実用的なプレゼントっていいよね！」

着けないネクタイや使わない万年筆では、飾っておくしかない。それを思えば、虫除けならば使い切れる、といい面を探して羅列する。

「……けど、形として残らないのはちょっと寂しいかなぁ」

ぼそりと呟いたのが聞こえて、少しかわいそうになった。

けれど、ここはぐっと堪える。

当日まで、プレゼントの本当の意味を知らずにいた方がインパクトがあるだろう。

嫁への初めてのプレゼントを特別なものにしたくて、霧谷は早速準備に取りかかった。

渉が毎日カレンダーに印を付けて待ち望んだ、二月二十日。

渉の部屋に、霧谷が咲かせた花を飾って、二人きりの誕生日パーティーをすることになった。

人間の参加者はいないが、いつものシロクロ、チャトラ、サバはそろっている。

それだけで十分だ。

「ハッピーバースデー、俺！　ってことで、プレゼントちょーうだい！」

渉の好物のオムライスやコロッケやメロンをテーブルに並べたが、珍しく渉は食い気よりプレゼントを優先してきた。

食事の後に渡すつもりだったのだが、たかが虫除けをそこまで楽しみにしてくれていたのかと思えば、せっかくの料理が冷めることも気にならない。

何故か付いてくる猫たちを引き連れ、プレゼントを隠してある仏間に渉を誘《いざな》った。

「それじゃあ、目を閉じて、左手を出してくれ」

「んん？　いいけど……」

そんなに大層な物？　と言いつつ差し出された左手の甲に口付け、霧谷は薬指にプレゼントの『虫除け』をはめ込んだ。

「もう目を開けていいぞ」

「えっと……リングタイプの虫除け？」

最近は腕に付ける虫除けリングなんて物もあるが、指輪タイプはまだないはず。

しかし『虫除け』と信じ込んでいる渉は、鼻を近づけてくんくん匂《にお》いを嗅《か》いだりしている。

それが気になったのか、白黒猫も渉の膝に乗って一緒になって嗅ぎにかかるのが可愛い。

「きれいだけど、こんなにちっさくて効くの？　これ」

「最近は、おまえ目当ての女性客もいるようだから『売約済み』の目印が必要だと思ってな」

「え？　……左手の、薬指、指輪……え？　あっ！」

キーワードを並べ立て、渉はようやく『虫除け』の真相——既婚者なので誘惑お断り、とさりげなくアピールするためのアイテムだと気が付いたようだ。

虫害は気付いてからでは遅すぎる。未然に防ぐのが一番大切。

そう力説する霧谷に、渉はそういうもんなの、と感心とも呆れとも取れるため息を吐いた。

「虫除けって、そういう意味だったんだね」

パークには、『フラワーキング』や、渉の描いた可愛い動物のイラスト目当ての若い女性客も増え、伊藤や酒井《さかい》は目の保養になると喜んでいるが、霧谷はひたすら渉が気がかりだった。

自分はどんな相手でも適当にあしらえるが、渉は違う。

花について訊ねられれば分かる範囲で答えるか、周りの職員に助言を求める。写真撮影を頼まれれば、きっちりと構図を決めたベストショットを撮る。

そんな努力を、好意と勘違いする女性が現れては困る。

渉が他の女性に惑うことなどこれっぽっちも疑ってはいないが、近寄られるだけで自分が不愉快になるのだ。

本当は『KEEP　OUT』の黄色いテープでぐるぐる巻きにしておきたいくらいだが、そうもいかないので、せめてもの予防策がこの指輪だった。

「つけておいてくれるか？」

「あー……うん……」

何故か渉は、指輪のはまった手をぶんぶん振ったり指輪をくるくる回したり。やけに不安げに指輪を見つめる表情が気にかかり、こちらの心も不安に波立つ。

「気に入らないか？」

「指輪なんてはめたことないから、落としそうで怖いんだけど」

なくす心配をしてくれるということは、気に入ってくれたのだ。ほっと肩の力が抜けていく。

「なくしたらまた買ってやるから、気にするな」

「そんな！　そんな適当な物じゃないだろ？　結婚指輪って」

「結婚指輪と理解した上で、受け取ってくれるんだな？」

「そうなんだよね？」

二人して見つめ合い、相手の表情を窺ってしまう。

お互いに、出会うまで結婚どころか恋愛も意識したことがない二人なのだから仕方がない。

シンプルだが、自分たちらしく花の模様が入ったプラチナリングを選んだが、結婚指輪なんてその場で買って帰れるものだと思っていたら、納品まで一ヵ月以上かかると言われて驚いた。だがそこはまあ、金の力でなんとでもなった。

しかし、肝心の渉に気に入ってもらえるかは分からなかった。

渉の心は、金ではどうにもできない。

「日本では社会的に夫婦として籍は入れられないが、実質的にはそういう関係を築きたい。渉には生涯、俺の側にいてほしい」

「俺、ずっとここに、霧谷の側にいたいって言っただろ！　どっか行けって言っても、もう絶対どこにも行かないからね？」

「行っても連れ戻す。それに、ここには猫たちもいるしな」

自分で言っていて情けないが、霧谷に愛想を尽かしても、渉は猫たちを見捨てて出て行くことはないだろう。

猫たちの存在を頼もしく見ていると、渉は急に瞳を輝かせる。

「ねえねえ、これって『猫前式』じゃない？」

親族や友人の前で誓い合う『人前式』は知っているが『猫前式』は聞いたことがない。

けれど渉は、猫たちに向かって誓いの印の結婚指輪を得意げに見せる。

茶虎猫は、我関せずで座布団の上から動かず。白黒猫はまた匂いだけ嗅いで、興味なさげに縁側へ日向ぼっこに出かけた。

座卓に乗ったサバ猫は、近付いては来ないが見守るみたいに目を細めてこちらを見ている。

いつもと変わらぬ光景に、渉は肩をすくめて笑う。

その表情はヘブンリーブルーより晴れやかで、霧谷を天上にいる気分にさせた。

「何かこういうのって、俺たちらしくっていいね」

「そうだな」

花に囲まれ、猫たちの前で終生を誓い合う。

「それでは、誓いのキスを」

渉の腰を摑んで引き寄せれば、渉は霧谷の肩に腕を回す。

「霧谷と、猫たちと、ずっと一緒にいることを誓います」

「猫もか」

つい不満を漏らすと、渉は猫も好きなんだもんと笑う。

そうして、ふっと笑みを消して真剣な眼差しになる。

「霧谷のことは、愛してる」

「そうだな。俺も、花が好きで、渉を愛してる」

互いに見つめ合い、同じタイミングで噴き出す。

奇妙な誓いの言葉の後で、ごく普通に——普通よりずいぶん熱のこもった誓いのキスを交わした。

何度目かのキスの後、渉は指輪をなくすまいとぎゅうぎゅう限界まで指に押し込む。

「渉。そんな無茶をしたら、指が痛くなるからやめておけ」

「だってこれ、ホントになくしたくないんだもん。そうだ！　上から絆創膏《ばんそうこう》を貼ったらどうかな？」

「そんなことをしたら、虫除けの意味がなくなるだろ」

「そっか……じゃあ、この上に、もう一つちょっとサイズがきつめの指輪をはめておくっていうのはどう？」

何とかして、結婚指輪をなくさない方法を考えつこうと必死になってくれる。それだけで嬉しい。

健気《けなげ》で努力家の嫁をしっかりと抱きしめる。

「同じものを十個ほど買ってやるから、心置きなくなくせ」

「いや、なくせっていうのは、ちょっと……」

「渉は、渉らしくいればいい。結婚指輪もうっかりなくすような奴を嫁にもらったからには、それくらいの出費は覚悟の上だ」

指輪を気にして好きに振る舞えないなんて、渉らしくない。

「結婚指輪をなくすほど何かに夢中になれるおまえを、愛してる」

「霧谷……俺も！　優しくって気前よくって花好きフラワーキングな霧谷のこと大好き！　ホント、愛してる！」

胸に頬ずりしてくる、甘えん坊の猫みたいな渉を抱きしめ返せば、これ以上ない満ち足りた気分になれる。

渉が喜ぶなら、それでいい。それ以上に大切なことはない。

「フラワーキングか……それも悪くないかな」

ばかばかしい呼び名でも、渉が気に入っているなら受け入れるしかない。

「花が開くたびにおまえが笑うなら、明日も花を咲かせよう」

「うん。咲かせてよ。俺だけの、霧谷の花をさ」

フラワーキングは、花好きの嫁に捧げる花を咲かせ続けることを、改めて誓って口付けた。

王様と子猫と新婚生活

「俺たち、結婚しました！」

渉《わたる》の誕生日の次の日、フラワーパークの職員全員の前で、結婚報告を行った。

金屏風《きんびょうぶ》代わりのホワイトボードの前に二人並んで立ち、渉がにっこり笑顔で指輪のはまった左手を顔の横にかざすと、伊藤《いとう》と酒井《さかい》と関口《せきぐち》はぽかんとした顔をする。

「はい？」

「何だって？」

「だからね、俺は『フラワーキングの嫁』じゃなくて『霧谷蒼真《きりやそうま》の嫁』になったってこと」

酒井たちは、また渉が何か奇妙な冗談を言い出したと思ったようだが、この説明では無理もない。

霧谷から、真面目《まじめ》な話だと切り出す。

「渉は居候《いそうろう》ではなく、俺の家族として家に迎え入れたということです」

渉が左手の薬指に指輪なんてはめていれば、訳を聞かれるのは分かりきっている。

だからパークの職員にだけはきちんと言っておこう、と二人で決めたのだ。

「いや……家族はともかく……嫁って……えぇ？」

冗談が本当になったこの事態に混乱する男性陣に対し、高橋《たかはし》と渡辺《わたなべ》の女性陣はやっぱりね、と嬉《うれ》しそうに笑い合う。

特に、渉と猫友として仲がいい高橋は嬉しそうで、指輪をはめた渉の左手をぎゅっと握る。

「二人のこと、気が付いてはいたけど、わざわざ報告してくれて嬉しいわ」

「え？　気が付いてたって……？」

「渉くんが帰ってきてから、蒼真くんの雰囲気が変わって、こう……柔らかくなったって言うか、新婚さんの顔つきなのよね」

「霧谷が……新婚さんな顔？」

そうなの？　と渉は振り返って自分を見つめてくる。

そんなにやけた顔をした覚えはない霧谷だったが、首をかしげて自分の顔を穴が開くほど見つめてくる渉のくりくりした目を見ていると、どうしても口元がほころぶ。

「ほらね？」

「そういうところに、幸せオーラが出てるのよ！」

霧谷の表情の機微を読み取ってはじかれたように笑い出す高橋と渡辺に、霧谷は無表情になり、渉はどういうところ？　とますます首をかしげた。

「ところで、蒼真くんの指輪は？」

「あ！　そういえばそうだよね」

渉は誕生日プレゼントだから自分がもらったことで満足していたが、指摘されて結婚指輪はペアのはずと気付いたようだ。

「霧谷もはめてくれなきゃ！　って、俺が霧谷に買わなきゃだよね？」

渉に贈った指輪は、結婚指輪ではあるが、役割としては女性よけのアイテム。

どんな女性が寄ってこようが撃退できる自分には不要だと思っていたが、渉が買ってくれるという気持ちが嬉しい。

二人でおそろいの指輪をはめることを想像しただけで、心が浮き立つ。

「それじゃあ、今度の休みにでも二人で買いに行くか？」

「うん！」

「あらあら、いいわねぇ」

私も婚約時代を思い出しちゃうわ、なんて男同士で新婚さんな二人とごく普通に受け入れている女性陣を見て、男性陣も最近はこんなのもありなのかと無理矢理に納得したようだ。

伊藤は頭をかきつつも、笑顔を浮かべる。

「あー……まあ、特にこれまでと変わりなく、ってことでいいんですよね？」

「うん。別に何にも変わんないと思う」

今ひとつぴんとこない様子だったが、それでも渉がこれからもずっとこのフラワーパークに居続けることは歓迎してくれるようだ。

酒井も、余り物のサイズの合わない作業服を着ている渉に、結婚祝いとしてサイズが合った作業服を買ってやろうなんて言い出し、事務所内はお祝いムード一色となった。

意外とすんなり渉が名実ともに霧谷の『嫁』と容認されて、フラワーパークに穏やかな日常が戻ってきた――と思えたのはつかの間だった。

結婚報告から数日後の土曜日の昼前、花壇にサイネリアの植え付けをしていた霧谷と渉は、事務所に呼び戻された。

「お客さんが、裏門のところに置いてあったって、これを届けてきたんです……」

伊藤が指さす小さなダンボール箱の中に入っていたのは、手のひらサイズの二つの毛玉。

渉の目は、それに釘付けになる。

「こ、子猫だっ！　めっちゃ子猫だよ！」

底に敷かれたタオルの上で、産毛だらけでちっさな黒猫とキジトラ猫が、くっついてミャーミャー鳴いていた。

鳴き声で子猫に気付いたお客さんが、事務所まで持ってきたそうだ。

パークの川側に、入場はできないが退場だけはできる裏口がある。そこから堤防へ出て、車の通らない歩道を歩いて商店街へ行けるため、たまに利用する人がいる。

だがそこにあることを知らない人もいるくらいひっそりとした存在のため、そちらに防犯カメラは付けていなかった。

「裏門とは、やられたな」

このところ捨て猫はなくなっていたが、人の出入りが増えれば、中には悪い人も紛れ込む。猫がたくさんいるここになら捨ててもいいだろうなんて、身勝手なことを考えたらしい。

裏門にも防犯カメラと『捨て猫禁止』の警告看板を用意するとして、まずはこの猫たちのことを考えてやらなければ。

「まだ目も開いていないようだし、生後一週間程度かな」

「ここに、全身まっ黒な猫はまだいないよね？　キジトラ猫はもういるけど……」

霧谷を見つめる渉の瞳孔《どうこう》が、完全に開いている。

渉に里親探しのポスターを作ってもらおうと考えていたのだが、渉はすっかり子猫たちに心を奪われてしまったようだ。

「おまえがちゃんと世話をするというなら――」

「する！　するからっ、この子たち、ここの子にして！」

別に猫の全柄制覇を目指しているわけではないし、これ以上フラワーパークに猫を増やしてどうするんだとも思うが、渉が喜ぶことなら何だってしてやりたい。

何かに夢中になって目をキラキラさせている渉が見られるなら、猫の二匹や二十匹増えたところで大した問題ではない。

「ねえねえ。この子たち、触っても大丈夫？　怖がるかな？」

これまで動物を飼った経験がない渉は、壊れそうに小さな子猫をどう扱えばいいのか分かりかねているようだ。触りたいけれど、触っちゃ駄目なら我慢しなくちゃと、ダンボールの縁をしっかり摑《つか》んで耐えている。

「触ってもいいが――」

「はい。ちょっとごめんなさいね」

恐る恐る子猫に手を伸ばした渉を押しのけ、高橋はお湯の入ったペットボトルをタオルでくるんだ物を、外に放置されて体温が下がっているだろう子猫たちのすぐ横に置く。

猫好きの高橋は、てきぱきと子猫の世話に必要な準備を進めていたようだ。

「ほーら、温かいでしょ?」

子猫たちはそれが温かいと気付いたのか、バラの棘《とげ》ほどもないささやかな爪が出っぱなしの細い前脚で、ペットボトルにしがみつく。

「か、可愛いっ!」

「私は子猫用のミルクを買いに行くから、その間、手でも撫《な》でて温めてやって」

「うん! ふわあぁ……もっけもけだぁ……」

高橋の指示通り、渉はそうっと猫たちの背中を撫でてやる。

柔らかな産毛に触れた渉の表情もまた柔らかく解《ほぐ》れて、それを見ている霧谷の心まで温めてくれた。

念のために獣医師の診察を受け、健康状態に問題なしとお墨付きをもらった子猫たちは、現在は渉と二人の寝室になっている霧谷の部屋で世話をすることになった。

霧谷の部屋には猫扉がないので、他の猫たちが入れない。

シロクロもチャトラもサバも、みんな大人《おとな》しいけれど新参の子猫相手にどんな反応を示すか分からないし、子猫たちが怖がってもかわいそうだ。

顔合わせは、もう少し子猫たちが大きくなってからさせることにした。

そのつもりで猫たちがいない間に運びこんだのだが、気配や匂《にお》いで中に何かいると分かるようだ。

子猫たちを連れ帰った日から、白黒猫とサバ猫が霧谷の部屋の前をうろうろするようになり、ふすまの開け閉めにはいつも気を遣わなければならなかった。

子猫たちを保護してから五日目になるが、今日も霧谷たちが家へ帰ると、茶虎猫は渉の部屋の座布団の上で丸くなっていたが、白黒猫とサバ猫は霧谷の部屋の前にいた。

そのうち諦《あきら》めると思っていたのに、日に日に興味がましてくるようだ。

元から好奇心旺盛な白黒猫は分かるが、サバ猫までふすまの前に座って、開いたら中へ入る気満々でスタンバイしているのは意外だった。

「クロもニキジも、まだ小さい子たちだから、そっとしておいてあげてよ」

猫は全部「猫」と呼んでいた霧谷を不精者扱いした渉だが、そういう渉の名付けもかなり無精だ。

黒猫はそのまんま「クロ」で、二匹目のキジトラ猫は「ニキジ」と名付けられた。

渉が腰を下ろして、部屋へ入らないようそっとサバ猫の前に手をかざすと、サバ猫は牙《きば》を剝《む》いてカッと短く威嚇《いかく》してきた。

これまで、警戒されることはあっても威嚇はされたことがなかった渉は、ショックを受けたのか辛《つら》そうに肩を落とす。けれど、子猫たちの安全が一番大切と思ったのだろう。ゆっくり瞬《まばた》きしながら、穏やかな口調でサバ猫に言い聞かせる。

「駄目だよ。入れないの」

渉はいつも、座布団を差し出したり寝ているときは物音を立てないようにしたり、とサバ猫に気を遣ってきた。

だが今は、断固入れないと引かない。

その気迫が通じたのか、サバ猫はふいっと渉に背を向け廊下の向こうへ歩み去る。

白黒猫は、未練げに廊下に佇《たたず》んでいたが無理に押し入ろうとすることはなく、部屋へ入る霧谷と渉を見ていただけだった。

ふすまを閉めた渉は、張り詰めていた緊張をほぐすようにふうっと重いため息を吐《つ》く。

だがすぐに気持ちを切り替え、子猫たちの世話に取りかかる。

子猫はまだ自力で排泄《はいせつ》できないので、ミルクの前後に濡《ぬ》れたティッシュでお尻《しり》を刺激してやらなければならない。

それを二、三時間おきに繰り返すのだ。

昼間は高橋や渡辺も世話をしにきてくれるが、夜は霧谷と渉が交代ですることにしていた。

しかし実際は子猫の鳴き声で起こされ、二人で一緒に世話をしてしまい、二人とも寝不足になっていた。

当然、霧谷の指輪を買いに行く暇もない。

そんな生活も五日目になれば、普段から寝不足に慣れている渉も、さすがに疲れて弱気になってきたようだ。

夕飯と風呂をすませてまた部屋へ戻る際に、サバ猫から恨めしい目線を向けられて、かわいそうなほど落ち込んでいた。

「俺……サバに嫌われちゃったかな」

ミルクをもらって満腹でころんとしたお腹《なか》の黒猫を胸に抱き、しゅんと俯《うつむ》く渉は抱きしめずにはいられない可愛さだ。

「サバはそんなに狭量じゃないさ」

霧谷は、自分が世話していたキジトラ猫をダンボール箱の中に戻し、渉の肩を抱き寄せる。

素直にもたれかかってくる渉の手から黒猫を受け取って、その子もキジトラ猫の隣に座らせると、二匹は互いの存在を確かめるみたいに短い前脚で猫パンチを繰り出してじゃれ合う。

しばらくころころ転がりながら遊んでいたが、二匹そろって電池が切れたみたいに、ことんっと突然眠りに落ちた。

「可愛いなぁ……」

霧谷の胸にもたれかかって二匹のじゃれ合いを眺めていた渉は、この可愛さの前には疲れも吹き飛んじゃう、と明るく微笑《ほほえ》む。

だが目の下に現れたくまから、隠しようのない疲れが見て取れる。

――何にでも一所懸命になりすぎて無理をする渉には、やはり自分が付いていなければ。

決意を新たにすれば、細い肩を抱く手に力が入る。

「……霧谷？」

「この間に、少し眠ろう」

寝れるときに寝ないと、自分たちが体調を崩しては子猫の世話もできなくなる。

そう渉をベッドに寝かしつけても、気落ちしている渉はなかなか眠れないのか、もそもぞと頭の位置を変える。

一時は眠気に襲われた霧谷だったが、こうもぞもぞされると目が冴《さ》えてくる。

横向きになった渉を後ろから抱きしめ、足を絡《から》ませた。

薄い胸の小さな突起を布の上から探り当てるのも、もはや慣れたもの。指の腹でそっと乳首をくすぐれば、渉は身体《からだ》を震わせる。

「んっ！　……霧《も》谷ってばぁ……」

不満げな声を漏らしても、手を振り払うことはしない。それどころか、もどかしげに腰をもぞつかせる。

子猫たちの世話を始めてから、ずっと夜の生活はお預けを食っていた。

それまで毎晩いちゃついていた身としては、少々辛い。

渉も同じのようで、自分から背後の霧谷に身体を密着させてきた。

「渉……」

「ね……もっと、ちゃんと触って」

振り向いて誘ってくる眼差《まなざ》しは艶《つや》っぽく、昼間の渉から想像もつかない色香を放つ。

夜咲く花は、香りがよいものが多い。

夜香木《やこうぼく》や月下美人《げっかびじん》にも負けない香りに誘われるがまま、自分からボタンを外し始める渉のパジャマをたくし上げ、性急に素肌に指を這《は》わせる。

手で脇腹をなぞり、首筋には舌を這わせ、久しぶりの渉の肌を味わう。

渉も霧谷の方へ向き直り、霧谷の浴衣《ゆかた》の襟《えり》をはだけて直接肌をすりあわせてくる。

柔らかな髪が頬《ほお》をかすめ、くすぐったさに忍び笑いを漏らせば、渉は何？　という顔で見つめてくる。

「……渉」

「ん……」

その頬に手を添えて口付けると、渉は軽く唇を開いて迎え入れてくれる。

静かな室内に、互いの舌が絡み合う水っぽい音と、ニャーという小さな鳴き声が響く。

「んんっ、きり、や……ん、にゃ？　ニャーッて！」

「ああ……くそっ」

もう起きちゃった？　と子猫の鳴き声に素早く反応して起き上がる渉に、霧谷はなすすべもなく枕に突っ伏す。

「お腹空《す》いたの？　ちょっと待ってね——あれ？　お湯がない！」

「持ってくるから、待ってろ」

すぐにミルクの用意ができるよう、部屋に電気ポットを持ち込んでいたが、水を入れ足すのを忘れていた。

渉がほ乳瓶を用意している間に、霧谷はペットボトルを取りに台所へ走る。

だが、何故《なぜ》か渉も部屋を出てきた。「ティッシュ、ティッシュー」と声が聞こえるところをみると、トイレ用のティッシュもなくなったようだ。

各自が目的の物を手に部屋へ戻ると、子猫の寝床にしているダンボール箱に、グレーの布が入っている――と一瞬思ったが、見間違いだった。

「サバ！　いつの間に入ったの？　子猫たちは？」

ダンボール箱の中に、サバ猫が座っているのだ。

バタバタと慌てて部屋を出たので、ふすまがきちんと閉まっていなくて、そこから入り込んだのだろう。

子猫が踏みつぶされているのでは、と顔面蒼白《そうはく》でダンボール箱をのぞき込んだ渉は、へなへなと座り込む。

「渉？　子猫は？」

霧谷も後ろからのぞき込むと、子猫は二匹ともサバ猫の白いお腹にもっふりと埋《うず》もれて、もそもそ動いている。

渉は安堵《あんど》のあまり力が抜けただけと知って、霧谷も安心して大きく息を吐いた。

騒動の原因のサバ猫は、目を細めて子猫たちをぺろぺろと舐《な》めてやっている。

「……お世話してくれてるの？」

「考えてみれば、サバは家で唯一の女性だったな」

「そういえばそうだね」

子猫の匂いを嗅《か》いで母性本能を刺激され、それで渉を威嚇するほど気が立っていたのだろう。

だが子猫に接して落ち着いたのか、今は聖母みたいに穏やかだ。

鳴《な》き止《や》んで大人しくなった子猫たちは、サバ猫のお腹の毛に顔を埋めて前脚で踏み踏みする、おっぱいを飲むときの仕草をしている。

「……ねえ、サバって、おっぱい出るのかな？」

「母乳は、出産経験がないと出ないものなんじゃないのか？」

サバ猫を保護したとき手当てした獣医の見立てでは、生後半年くらいとのことだった。

それから半年ほど室内飼いで養生させてから避妊手術をしたので、サバ猫に出産経験があるとは考えにくい。

「とりあえずトイレだけは任せて、ミルクは俺たちでやった方がいいだろう」

「そうだね。トイレの世話をしてくれるだけでもありがたいし。でも、サバから子猫を取ったら、怒らないかな？」

「俺がやろう」

「いい！　俺がするから、霧谷はミルクを用意して」

渉が手を引っかかれて怪我《けが》をしたら絵の仕事に差し障《さわ》ると思ったのだが、渉は自分がサバ猫に嫌われていないかどうか知りたかったのだろう。

緊張した面持《おもも》ちで、そうっとサバ猫に向かって手を伸ばす。

「サバ。ちょっとごめん。ミルクをあげるだけだから、怒んないでね？」

まずはキジトラ猫を抱き上げてみたが、サバは少し不機嫌そうにしっぽを揺らしただけで、渉に威嚇も抵抗もしなかった。

ほっとしたのか、小さく息を吐いてキジトラ猫を抱きしめる渉を抱き寄せ、髪に口付ける。

「ほらな？　サバは怒ってなんかいないだろう？」

「うん。よかったー」

まずはキジトラ猫の方にミルクを飲ませて再びサバ猫の元へ戻すと、ミルクまみれの口元からお尻まで、きれいに舐めてから腹の下に抱き込む。

サバ猫は黒猫の方も同じようにお世話をし、まだ眠くないとばかりにじゃれつくキジトラ猫を、しっぽであやしさえした。

その様は、まるきり母猫の貫禄だ。

「サバ……すごい。サバと霧谷って、いろいろと似てるよね」

「どこがだ？」

「クールな美人だけど、面倒見のいいところが」

猫と似ていると言われては苦笑いが漏れるけれど、渉の発想が突飛なのはいつものこと。

なかなかいい着眼でしょ？　と得意げな渉の頬をそっと撫でる。

「そうだな。俺もサバも、渉が好きだってところが似ているな」

「ホントに？」

「ああ。この家に、おまえを嫌いな奴なんていない。おまえはこの家の——俺の大事な嫁なんだからな」

「そうでした。俺は、霧谷の嫁だもんね」

渉の左手を取って指輪に口付けると、くすぐったげに幸せそうに、肩をすくめて笑う。

そんな渉を、ベッドの上に押し倒す。

「え？　ちょっと、霧谷？」

寝かしつけるのとは明らかに違う行為に、渉はまん丸な目を瞬《しばたた》かせ、唇を尖《とが》らせる。

「サバががんばってくれてるときに、こんなの……駄目だよ」

ふいっと顔を背けるが、その頬は赤く色づいて美味《おい》しそうだ。迷わず齧《かじ》り付く勢いで頬に口付ける。

「せっかくサバが作ってくれた時間だ。有効に利用しないともったいないだろ？」

そうかなーと疑わしげに言いつつも、首筋に腕を回してくる渉が、可愛くて堪《たま》らない。

自分を見つめて微笑む渉の唇に、そっと自分の唇を重ねた。

あとがき

はじめまして。もしくはルチル文庫さんでは五度目のこんにちは。

この話を書くにあたって、実際にヘブンリーブルーを栽培し、その茂りっぷりに振り回された金坂です。

花は本当に爽やかな青できれいですが、奴らの蔓は本気で家を飲み込みにきます！

それはさておき、今回も大好きな「植物」と「猫」が書けて、盛大にスパークしてしまいました。

前作の猫耳物で愛があふれて大暴走した金坂を、落ち着かせようとした担当さんから「今度は、しっとりと花がテーマとかどうですか？」と提案されたのですが……金坂が某植物園のファンクラブ会員と知らなかったのが運の尽き。

「植物大好きーっ！」と、やっぱり大爆走したのでありました。

植物園の園長さんや職員さんが解説をしてくださる観察会に行くのも好きなのですが、どの方も植物愛に満ちあふれていて、とても楽しいんですよ。

こんな楽しい人たちの話が書けたらなぁ、と思っていたのが実現できて幸せでした。

青空に架かる虹みたいに、キラキラときれいな色使いの鈴倉温先生にイラストを描いていただけたことも、幸せでした。

主役の二人を『一途でおバカワイイ絵描きと、クールに見えて世話焼きなフラワーキング』にしてみたけれど、ちょっと渉をおバカにしすぎたか？ と不安だったのですが、渉のラフイラストを見た瞬間に「これだけ可愛ければ、多少おバカでも許される！」と自信が持てたほど可愛かったです。

色気あふれる霧谷も、まさに『フラワーキング』の名がふさわしい王様っぷりで、素敵でした。

そして、猫たち！「もっとニャンコを……」というわがままに、これ以上なく素晴らしい形で応えていただけて、大感激でした！

鈴倉先生、素敵なイラストを描いていただき、本当にありがとうございました。

金坂にとって幸せ要素がいっぱいつまった今作を、少しなりとも楽しんでいただけましたなら幸いです。

二〇一六年　九月　ヘブンリーブルーの生い茂る頃　金坂理衣子

✦初出　王様と猫と甘い生活………………書き下ろし
王様と子猫と新婚生活……………書き下ろし

金坂理衣子先生、鈴倉 温先生へのお便り、本作品に関するご意見、ご感想などは
〒151-0051 東京都渋谷区千駄ヶ谷 4-9-7
幻冬舎コミックス　ルチル文庫「王様と猫と甘い生活」係まで。

幻冬舎ルチル文庫

王様と猫と甘い生活

2016年10月20日　第1刷発行

✦著者	金坂理衣子　かねさか りいこ
✦発行人	石原正康
✦発行元	株式会社 幻冬舎コミックス 〒151-0051 東京都渋谷区千駄ヶ谷 4-9-7 電話 03(5411)6431[編集]
✦発売元	株式会社 幻冬舎 〒151-0051 東京都渋谷区千駄ヶ谷 4-9-7 電話 03(5411)6222[営業] 振替 00120-8-767643
✦印刷・製本所	中央精版印刷株式会社

✦検印廃止

万一、落丁乱丁のある場合は送料当社負担でお取替致します。幻冬舎宛にお送り下さい。本書の一部あるいは全部を無断で複写複製(デジタルデータ化も含みます)、放送、データ配信等をすることは、法律で認められた場合を除き、著作権の侵害となります。

定価はカバーに表示してあります。

©KANESAKA RIIKO, GENTOSHA COMICS 2016
ISBN978-4-344-83838-3　C0193　Printed in Japan

本作品はフィクションです。実在の人物・団体・事件などには関係ありません。

幻冬舎コミックスホームページ　http://www.gentosha-comics.net